ESSE TAL DE AMOR
E OUTROS SENTIMENTOS CRUÉIS

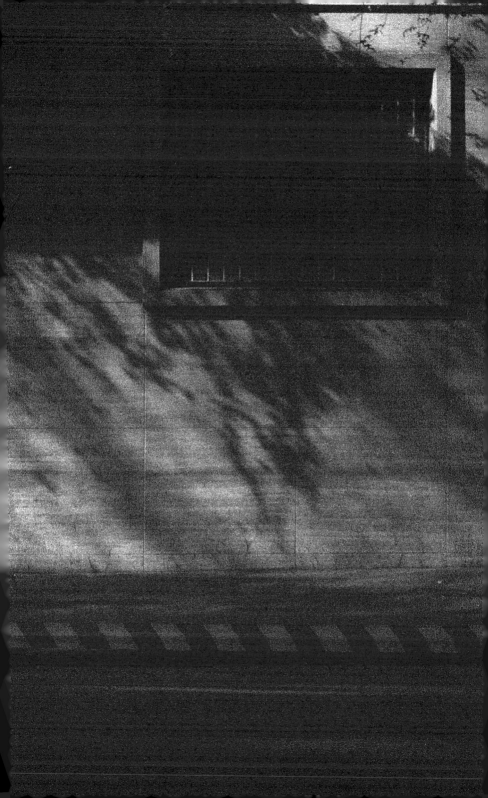

MÁRIO BORTOLOTTO

ESSE TAL DE AMOR
E OUTROS SENTIMENTOS CRUÉIS

3ª reimpressão

REFORMATÓRIO

Copyright © 2015 Mário Bortolotto
Esse tal de amor e outros sentimentos cruéis © Editora Reformatório

Editores
Marcelo Nocelli
Rennan Martens

Revisão
Natália Souza
Marcelo Nocelli

Foto de capa
Rodrigo Sommer

Design e editoração eletrônica
Negrito Produção Editorial

Dados Internacionais de Catalogação na Publicação (CIP)
Bibliotecária Juliana Farias Motta (CRB 7-5880)

Bortolotto, Mário
    Esse tal de amor e outros sentimentos cruéis / Mário Bortolotto. – São Paulo: Reformatório, 2015.
    152 p.; 14 x 21 cm.

    ISBN 978-85-66887-16-7

    1. Literatura brasileira. 2. Crônicas brasileiras. 3. Prosa brasileira. I. Título.
B739e   CDD B869.8

Índice para catálogo sistemático:
1. Literatura brasileira   2. Crônicas brasileiras   3. Prosa brasileira

Todos os direitos desta edição reservados à:

EDITORA REFORMATÓRIO
www.reformatorio.com.br

"O amor é o pior de todos os vícios. As drogas e o álcool levam o viciado a cometer crimes contra os outros. A primeira vítima do apaixonado é sempre ele mesmo. Enquanto o viciado pensa em assassinato, o apaixonado pensa em suicídio. Um viciado pode ser internado em uma clínica, mas para os apaixonados resta o manicômio conhecido por saudade. Esses puppets de Eros e Afrodite consideram a poesia a sua Bíblia e Vinícius de Moraes o seu Fernandinho Beira-Mar."

Douglas Kim

"Ouvindo agora Mário Bortolotto falar/cantar sobre o amor aqui no club noir... me lembrei da primeira vez em que pensei seriamente no que era aquilo, o amor, aquilo, aquele, aquela coisa... perseguida por muitos, evocada por alguns e perigosa pra todos... na voz desse cara tudo fez sentido."

Juliana Galdino

"Mário, você é um cara em paz com a própria guerra!"

Roberto Alvim

O título desse livro é desavergonhadamente inspirado no ótimo título do livro do meu amigo Marçal Aquino "O amor e outros objetos pontiagudos".

A VIDA COMO ELA PODERIA SER

Minha amiga tem um sobrinho de 22 anos. Ela me conta que o Garoto adora Jack Kerouac, leu tudo e fica se lamentando de não ter nascido naquela época. Mas por outro lado ele é do tipo que acredita que se aos 23 anos não tiver passado num concurso x e não estiver ganhando 20 mil por mês, pode se considerar um fracasso.

Aos 22 anos, eu morava numa república com mais três "zero a esquerda" como eu. E tudo o que eu desejava de futuro era conseguir comer o meu próximo cachorro quente ou beber a próxima garrafa de vinho barato.

BEBENDO DO QUE DEVE ESTAR NA TAÇA

Hoje de manhã eu tava acordando e liguei no Canal Brasil e tava passando uma entrevista com o Matheus Nachtergaele que é um cara que eu conheço, admiro como o puta ator que é, e que de vez em quando bebe com a gente (eu gosto do Matheus!). Aí no final da entrevista que era pro Selton Mello (que é um cara que eu também conheço e que gosto muito) no programa "Tarja Preta" ele mandou essa: "Acho que todos deviam beber um pouco. O álcool ocupa o vazio deixado por Deus". Hoje fui beber na Merça (como faço todas as segundas-feiras). O meu amigo Lucas Mayor ia passar aqui em casa pra gente subir juntos pra lá. O Lucas não bebe, mas ele vai lá comer sanduiche, beber coca-cola e conversar com os bêbados (nós!). Aí eu tava esperando e ele me mandou uma mensagem me dizendo que o carro tinha dado pau e que ele tava parado no meio da rua, ia ter que chamar o guincho e o escambau. Então fui de táxi pra Merça com a Isabela (minha filha). Durante todo o tempo que eu fiquei lá bebendo o

Lucas foi me informando da sua situação. Os caras da CET pararam lá e chamaram o guincho que demorou pá caralho pra conseguir guinchar o carro dele. O resultado é que eu matei uma garrafa de vinho, desci pro Filial, tomei mais chopes com a Isabela, voltei pra casa e praticamente no mesmo horário, o Lucas chegou na casa dele. Durante todo o tempo ficamos trocando mensagem sarcásticas.

Eu: Tô aqui comendo.

Lucas: Não precisa espezinhar. O cara do guincho encostou.

Eu: O sanduiche também. (nota: é um sanduiche que o Lucas gosta pra caralho)

Lucas: Cuzão!

Eu: (...) Lucas, você tem que se comportar como os nossos irmãos em fé esperam. Tô comendo coxinha no Filial.

Lucas: Cuzão! Eu imaginei que fosse apelar pra religião. Queria ter ido.

Eu: Hoje você merecia uma dose de Jack.

Lucas: Você que é feliz. Sim, hoje eu merecia. Depois disso é pra pensar em não ter mais carro.

Eu: Lucas, está no evangelho de São Judas: "Só os bêbados merecem o céu e moram no centro pra não precisar de carro".

Lucas: Vou começar a beber.

Eu: Isso sim é uma resolução que deixaria São James Gandolfini e Hemingway orgulhosos.

Lucas: Eu espero que eles me ajudem.

Eu: Eles não vão. O que eles (e eu e os de minha laia) consomem é que vai.

Lucas: Estou chegando em casa. Ninguém me pediu a carteira, não me fizeram nenhum exame antidoping. Eu realmente passo a imagem irretocável da legalidade.

Eu: Cuzãããão dissimulado.

Lucas: Hahaha. Abraço. Nos falamos amanhã.

Eu: Pode crer. Abraço. Já tô em casa também. A diferença é que eu tô bêbado e vou beber mais um Single Barrel e escrever um pouco.

Lucas: 180 de guincho, caralho. Eu ia gastar um terço disso na Merça e no Filial. Fora a embreagem que vou ter que ir atrás amanhã.

Eu: Com 180 você beberia duas garrafas de Jack e voltaria de táxi pra casa. (...)

Lucas: Valeu pelo papo. Ter que esperar pelo guincho no frio sem conversar seria muito pior.

Eu: Mesmo se o guincho se chamasse "Rosangela" e tivesse tatuagem na nuca, né?

A verdade é que eu acredito realmente nisso. No que o Matheus disse e no que eu disse pro Lucas e no que o Bukowski dizia: "algumas pessoas jamais enlouquecem. Meu Deus, como deve ser horrível a vida delas". Esse não é um mundo que espera acomodar e confortar as pessoas. É um mundo triste. E eu só consigo sacar as pessoas anestesiadas. E nem sempre é com álcool. Geralmente é com religião, alguma falsa ideia de felicidade ou qualquer outra espécie de névoa. Convenhamos: álcool me parece bem mais saudável. Eu prefiro sempre encarar a vida de cabeça erguida, sabendo que o pior sempre está por vir. Mas de vez em quando gosto de embotar as ideias, fazer de conta que não é comigo, ou pelo menos fazer de conta que se querem me chamar pra briga, eu posso fazer cara de que não estou entendendo, porque nem sempre é preciso estar no olho do furacão. Às vezes é muito melhor ficar no fundo da sala bebendo da minha pequena garrafa de whisky enquanto alguém lá na frente decide o destino do resto de nós. E se eu não concordar com o destino que eles decidiram, sempre há a velha saída pela esquerda, o salto pela janela e a fuga pra algum lugar perdido em algum país da América Central. Mas não me exijam a lucidez constante, a sabedoria assertiva, a impossibilidade do erro. Nós estamos a mercê de nossos erros e estamos dispostos a responder por eles. Mas me deixem no meu canto do balcão com a minha dose "desprezível" de delírio. Saúdem a garrafa chegando ao fim e nossa débil tentativa de algo que eu definiria como "a dignidade na derrota". Alguns querem erguer a taça. Eu só quero beber do que há nela.

E TEVE UMA garota, desse tipo de garota que acha que sabe quase tudo sobre a vida, o universo e tudo o mais. Ela chegou pra mim e sentenciou:

"Você deve estar muito triste. Eu sei como é isso. É foda, né?"

"Ei, não transforma minha vida em novela das 8 não. Ela é no máximo um western spaguetti. Desses que acabam mal, mas o cara fica de pé atirando pra caralho".

"Eu jamais faria isso, Mário, sou muito inteligente pra isso".

"Admiro muito sua inteligência".

Voltei pro meu whisky vagabundo e pro meu canto seguro do balcão. O tiroteio continua. Acertaram algumas garrafas logo acima da minha cabeça. Eles vão continuar atirando. Não há muito que eu possa fazer a não ser rezar baixinho pra munição acabar.

TEATRO É BOM
PORQUE ACABA

Disse isso ontem no final da temporada das "Peças du mal". Pode parecer que eu falei isso porque tava cansado de fazer as peças ou algo do tipo. Mas não é nada disso. É que eu gosto mesmo dessa ideia de finitude. O que me deixa aliviado é saber que uma hora vai acabar. Tudo. Inclusive a vida, como nós a conhecemos. A ideia de eternidade só me agrada se o paraíso for um quarteirão de New Orleans com botecos de blues e fígados que se regeneram milagrosamente por todos os séculos e séculos amém. Então, ontem a gente terminou mais uma temporada. O elenco comemorou em alto estilo de zona. Nessa hora eu fui beber lá fora. Sou avesso a comemorações. Mas fiquei contente por perceber que a rapaziada se divertiu muito durante toda a temporada. E agora vamos fazer outro trabalho. E depois outro. Enquanto estivermos por aqui. Mas a melhor imagem pra mim sempre vai ser a de alguém indo embora sozinho e sumindo no fim da rua sem olhar pra trás. É preciso que uma história acabe pra que a gente possa começar a contar outra. E pode ser até com o mesmo elenco. E essa última afirmação também vale pra vida.

SOBRE BALEIAS
E GAROTOS
SOLITÁRIOS

NÃO HÁ MÚSICA mais triste que o canto de uma baleia!

Quando me perguntam qual o melhor livro que eu já li, sempre acho impossível responder. São tantos e eles foram tão importantes pra mim em momentos diferentes da minha vida. Eu saberia então dizer qual foi o livro mais importante pra mim em determinado momento da minha vida, mas jamais conseguiria dizer qual foi o melhor livro que eu já li, mesmo porque sempre acho esse negócio de "melhor" uma puta de uma sacanagem com todos os outros. Parece competiçãozinha, eu sempre odiei qualquer tipo de competição. Quando jogava futebol, odiava os que levavam demasiadamente a sério e ficavam putos quando perdiam, queriam brigar, esse tipo de merda. Eu tava jogando futebol pra me divertir, não pra provar que o nosso time era o melhor. É claro que quando a gente ganhava, era bom porque era bacana alugar descompromissadamente o outro time. Mas pra mim nunca foi realmente importante. Eu só queria fazer parte, comemorar junto a vitória ou amargar juntos a derrota. Sempre foi por um processo de inclusão. Eu sempre fui um garoto muito solitário e tímido – talvez por isso sempre busquei meu refúgio em livros, filmes e quadrinhos. Até hoje quando estou sóbrio e mesmo conhecendo tanta gente, me sinto muito solitário. Quando bebo, melhora um pouco, mas sóbrio é foda. Encontrei no esporte, assim como encontrei no teatro alguns anos depois, um jeito de me incluir, de fazer parte de algo, de me sentir útil e aceito em algum lugar. Quando vim morar em São Paulo na primeira vez (isso em 80), eu morava na Vila Joaniza com meus tios e primos, estudava teatro na Contemporânea Escola de Artes na 24 de Maio e trabalhava na Bril-Loid, uma fábrica de tintas em Santo Amaro. Eu não conhecia ninguém além dos meus primos, mas toquei até violão em reunião do partido comunista numas de fazer parte de algo (vai vendo). E o trabalho na fábrica de tintas era um saco, mas eu era do time de futebol de salão da Fábrica e eles gostavam de mim no time. Eu nunca fui craque, só um zagueiro convincente. Eu sabia como parar um atacante firulento. Todo bom zagueiro sabe. Mas no time da Fabrica eu não era zagueiro. Eu jogava no ataque. Eles gostavam de mim jogando no ataque. Eu tinha um bom chute pela direita e fazia muitos gols e eles gostavam de mim jogando no time deles. Eu me sentia incluído. Do mesmo jeito que me senti na primeira vez que fui eleito presidente do clube no seminário (sempre acho que eles fizeram isso por sacanagem comigo – eu era sempre o secretário porque eles achavam que eu escrevia bem, então quando me elegeram presidente eu fiquei muito surpreso, mas depois fui entendendo que eu tinha um espírito de líder relutante que eu mesmo não conseguia aceitar – ou talvez eles quisessem um líder que não ostentasse autoridade – do mesmo jeito que eles me escolhiam como capitão do time no seminário e eu sempre odiava isso – eu só queria jogar futebol). Mas pra variar, eu divergi do tema que havia decidido escrever. Eu tava falando de livros e comecei a falar de inclusão (minha cabeça funciona assim). É que eu dizia que não suporto competição. Na Copa do Mundo eu gosto de assistir os jogos, mas não sou do tipo que fica torcendo. Acho bacana ver o Brasil ganhar, mas gosto mais ainda de ver os bons times jogando, as grandes jogadas, etc. É isso que eu acho legal na Copa, a oportunidade de ver grandes jogadores atuando juntos e grandes times se enfrentando. O resto não me importa muito. Coisa de quem não liga muito pros vencedores, sabe como é. Por exemplo, eu sempre lembro do fantástico jogador Hagi da Seleção da Romênia de 94. Eu gostava muito mais de ver a Romênia jogar (por causa do Hagi) do que ver jogos da Seleção Brasileira. A Seleção de 94 nunca me convenceu apesar do título e da fenomenal atuação de Romário. Porra, agora tô falando de futebol, sacaram? Deixa pra lá, eu queria mesmo era falar de livros e sobre a minha extrema dificuldade em eleger o melhor livro da minha vida, por não gostar dessa expressão: "melhor". Se for assim, vou ter que eleger o meu "melhor amigo", a "melhor namorada que tive", "o meu melhor cachorro de estimação". Acho tudo isso um saco. Mas se alguém perguntar qual é o "maior" livro que eu li, não vou titubear. E quando eu digo "maior", estou me referindo a "majestoso", "acima de todos" numa ideia de "mais importante" ou "fundamental pra uma vida toda". E não há nada maior em literatura, pra mim, do que "Moby Dick". Li ainda bem moleque na biblioteca de Londrina e nada me impactou tanto desde então. O livro de Melville é de uma beleza e de uma tensão impressionantes. O livro é assustador desde suas primeiras linhas. Teve um impacto em mim ainda maior do que "Drácula do Bram Stocker" que também li muito moleque e fiquei sem dormir por várias noites. A chegada de Ismael em Nantucket (sou apaixonado por todos os nomes que estão no livro), entrando na pousada com a mandíbula de baleia, ele deitado na cama e Queequeg (o canibal) deitando ao lado dele e a partir dali selando um pacto de amizade e de morte. O livro é o clássico eterno e Melville vai ser sempre, pra mim, o escritor mais violento de todos. E hoje tive uma grata surpresa. Eu durmo muito mal. Vou dormir bêbado e acordo durante a noite pra mijar ou pra beber água (o que vai fazer com que eu tenha vontade de mijar de novo em pouco tempo) e aí eu demoro muito pra pegar no sono de novo. E hoje não foi diferente. Então eu ligo a TV em qualquer bobagem pra ver se pego no sono. Tive uma feliz surpresa. Tava passando algo que reconheci de imediato ser uma versão de "Moby Dick". Mas como assim? Willian Hurt era o Capitão Ahab e Ethan Hawke era Starbuck. Eu nem sabia que tinham feito isso. Então fiquei assistindo (e é muito bacana). É claro que a versão de Huston segue imbatível, mas é anos luz melhor que outra versão ruim que fizeram há um tempo colocando Gregory Peck fazendo o padre que abençoa a viagem (no papel que foi de Orson Welles na primeira e clássica versão). Mas essa adaptação é para uma minissérie (fiquei puto quando acabou depois de um primeiro ataque da baleia branca). Willian Hurt é um ator muito foda e ele tá destruindo no papel de Ahab (ele não tem aquele ar de possuído pelo demônio que o Peck tinha, mas tem uma outra infinidade de intenções escusas na sua interpretação). Agora é ficar esperando ansiosamente o segundo episódio da minissérie que toma liberdades bastante exageradas com a obra de Melville, mas que mesmo assim, não perde o que há de mais importante que é a essência do livro. Os homens atormentados que apenas querem voltar para casa e para suas mulheres e filhos, mas que em algum momento ficam contaminados pelo mesmo desejo de vingança do Capitão. O livro é uma metáfora genial do comportamento bestial do ser humano. Em vários momentos você pergunta quem afinal é a fera, se é o homem ou a baleia. Quem está caçando quem afinal? E outra surpresa boa dessa minissérie foi descobrir que o roteiro (muito bom, por sinal) é do dramaturgo Nigel Willians, o cara que escreveu "Inimigos de Classe" que eu trabalhei como ator em 91 numa montagem do "Cemitério de Automóveis" com direção do meu amigo Celso Matos. Foi a primeira peça que eu ganhei prêmios como ator (Em São José dos Campos e Franca). Eu nunca mais tinha ouvido falar desse dramaturgo. Duas ótimas surpresas nessa manhã. Caramba, eu só queria falar sobre essa minissérie e eu acabei escrevendo pra caralho. Me desculpem aí. Eu não falo muito, mas tenho essa mania de escrever em demasia. Talvez tenha a ver com tudo o que escrevi sobre o lance de ser um garoto solitário na infância e de carregar esse sentimento comigo ainda hoje, do processo de inclusão, etc. Uma coisa sempre tem a ver com a outra, por mais que a gente tente evitar. Eu já nem tento mais.

EVITE OS BARES NO CAMINHO PRA CASA

No sábado o show foi até de manhã. Era pra eu ter passado um domingo estragado por não ter nem pensado em recusar a boa companhia de Mr. Jack Daniels. Não foi o caso. Wolverine rules. Apesar de eu ter dormido pouco, fiquei vendo os episódios de "True Detective" que ainda não tinha visto. Quando o personagem do Marty tenta falar da mulher dele e do que ele tá passando Rust retruca: "Não é da minha conta". Quando a mulher o procura (sabendo que machucaria muito mais o marido se ela transasse com o amigo) ele cede. Uma vez eu escrevi que sempre confiava em amigos (se não tivesse uma mulher no meio). Aí eu já não consigo confiar mais. Ou parafraseando Wilde (que mesmo sendo homossexual não deixa de ser homem, caramba) "um homem resiste a tudo, menos a tentação". De qualquer maneira, é triste ver os amigos saindo na porrada. Eu sempre acho triste quando temos que chegar nesse clímax. Alguns amigos me procuram e me pedem conselhos sobre suas relações. Logo pra mim que me considero tão inepto para o convívio e com talento natural para a solidão? Eu sempre estrago tudo quando tô numa relação com uma mulher – pra você manter uma relação é necessário "negociação" e eu nunca consegui fazer isso direito. Eu não consigo fazer isso nem nas minhas relações de trabalho ou de amizade – reconheço que há muito de arrogância e prepotência nesse tipo de comportamento, mas eu nunca disse que era diferente – não gosto de destilar arrogância, mas também sei que quando confrontado não dou o braço a torcer, o que não deixa de ser sinal evidente de arrogância e prepotência – políticos e homens de negócios são bons nisso, perder agora pra ganhar mais depois – eu simplesmente viro as costas e saio andando – e quem faz isso tem que estar acostumado a esse sentimento de proscrição que nos acompanha – eu me acostumei. Não sou o melhor conselheiro e como o personagem de Rust (o personagem mais foda dos últimos tempos) diz em determinado momento "as pessoas que dão conselhos falam consigo mesmas". Tenho lido muito Cioran e talvez esteja ficando ainda mais esquizo do que já era (e por consequência pior conselheiro e pior companhia). Ele escreve: "Só admiro duas categorias de pessoas: as que podem enlouquecer a qualquer momento, e as que podem se suicidar a qualquer momento. Só elas me impressionam, porque só nelas fervilham grandes paixões e se desenvolvem grandes transfigurações", então o meu amigo me pede conselhos. Logo pra mim? Tenho vontade de dizer pra ele como Rust: "não é da minha conta". Mas como fazer isso se amo o meu amigo e quero realmente ver ele melhor? Então tem que saber a medida certa do que dizer. Sou desgraçadamente responsável por cada palavra que disser. É muito mais fácil escrever um poema ou letra de música e disfarçar o que realmente sinto em versos que apenas sugerem o que realmente quero dizer. É por isso que nos escondemos atrás de nossas personas criadoras. É por isso que nos recolhemos e nos sentimos bem aqui, protegidos atrás do teclado desse computador. A vida lá fora é implacável e oferece poucas chances para aqueles que ainda rediscutem os próprios sentimentos. Nada é muito simples como querem nos fazer crer. Não existe perfeição. Nem na dose de whisky mais cara e mais pura. Nem na mulher mais linda. Nem no parágrafo mais bem escrito. O que existe é apenas esse gosto amargo de derrota. A felicidade é apenas algo que os publicitários tentam vender para apaziguar seus problemas de ordem sexual, pau pequeno, impotência, etc. O melhor mesmo é sair andando, já que o confronto há muito não é algo eficaz. Então eu gostaria de não ter que dar conselhos, mas se eu tiver que dar, apenas consigo dizer: o melhor é sair andando, depois você decide se volta ou não, mas o melhor ainda é sair andando. E tente evitar os bares no caminho pra casa. Sempre tente evitar os bares.

O QUE ME RESTA NESSE DOMINGO QUE SE INICIA

Eu não tinha muito que fazer. O meu amigo Fabio Brum me convidou pra dar uma canja num show dele no Noir. Eu não ia conseguir dormir. Eu dificilmente durmo de madrugada. Eu ia ficar em casa sozinho. Eu não tava a fim. Então eu fui lá. E bebi. E cantei uns blues com meu amigo. E foi divertido. Quando acabou o show fui tomar uma última com dois amigos num bar não muito recomendável. Notem que eu não estou citando o nome dos amigos e nem o nome do bar. Tô bêbado, mas ainda sei ser discreto. Não tenho certeza se eles gostariam disso. Os amigos e o bar. Cheguei lá e pedi um Teachers. Não sou louco de pedir um Red em tal estabelecimento. É evidente que o Red vai ser falsificado. Então peço logo um Teachers que é bem mais barato. E qual bar teria a manha de falsificar um Teachers? Talvez esse bar falsificasse. Mas ainda assim resolvi arriscar. Bebi o Teachers. Parecia um Teachers. Ou um Passport. Ou um Bells. Enfim, era um whisky ruim. Mas eu tava pagando o preço de um whisky ruim. Foda quando você toma um whisky ruim e paga o preço de um bom. Aí é sacanagem. E isso sempre vai acontecer nesse tipo de bar, não se enganem. Quando expulsaram a gente do bar, me despedi dos meus amigos e fui descendo a rua. Tava a fim de tomar um café da manhã. Gosto muito de tomar café da manhã. Eu não acordo pra tomar café da manhã. Eu tomo café da manhã pra ir dormir. É diferente. Então um carro parou do meu lado. A garota me chamou na janela. Tava ela e mais dois caras. Um no banco do passageiro e outro no banco de trás. Parei pra conversar com eles. O carinha do banco do passageiro tava esticando uma. A garota então falou: "Marião, entra aí e dá um teco cum nós". Eu agradeci e disse que não tava a fim. Deixa eu explicar. Eu não cheiro. É sério. Eu tenho rinite alérgica. Das fortes. Se eu cheirar, fico dois dias sem falar. É muito foda. Mas ninguém acredita. Ela também não acreditava e ficou insistindo: "Porra, Marião, eu leio os seus textos. Você é o mó louco. Dá uma tecada com a gente". Eu ainda tentei lembrar de algum texto de ficção que escrevi onde disse que cheirava. Não lembrei de nenhum. Agradeci simpaticamente os três e continuei andando. Entrei no Marajá e bebi um café e comi um croissant. Na saída comprei um sonho pra viagem e fui embora pra casa. Tinha uns caras sentados na calçada tomando uma breja. Eles me viram. (Tô começando a pensar que sou popular, caramba.) E eles gritaram: "Ei, Marião, chega aí. (Porra! Todo mundo me conhece e me chama pelo nome!) Vem beber uma cerveja com a gente". Sorri e agradeci: "Valeu, rapaziada, mas eu tô com o mó sono. Tô indo pra casa". Eles sorriram de volta e me desejaram um bom dia. Fui andando e pensando nesse negócio da solidariedade entre os malucos. Não estou aqui dizendo que os malucos são legais e os caretas são uns bostas. Que os malucos dividem e os caretas não. Não é nada disso. O que eu percebo é que existe uma solidariedade estranha no meio dos "loucos". O tipo de solidariedade que quer compartilhar. É claro que eles queriam bem mais do que isso tipo "eu divido a minha droga ou minha bebida com você mas em contra partida você vai ter que me aguentar". Eu tô ligado que é assim. Mas ainda assim me parece mais honesto e mais poético. Não quero julgar ninguém. Não me sinto capaz. Só sei que agora tô aqui em casa, razoavelmente tranquilo, escrevendo nessa tela. Daqui a pouco vou deitar e tentar dormir. Quando acordar, vou fazer um café e tenho um sonho esperando em cima da pia. O sonho que vou comer com o café que eu vou fazer. E vou lembrar com carinho dos figuras que queriam dividir sua droga ou sua cerveja comigo. Porque é assim, né? É exatamente assim. Alguns planejam suas vidas. Outros as destroem. E ainda há outros que simplesmente soltam os seus barcos de papel na correnteza. Eu sou um desses caras. Isso não me torna nem melhor nem pior que ninguém. Mas sei que vou dormir tranquilo nesse domingo que começa com algumas sirenes de ambulância e o CD do Nazi que o Antônio me deu. Espero que você também tenha chegado bem em casa, meu Amigo. De resto, pouca coisa mais importa nesse domingo que se inicia. Pouca coisa. Podem ter certeza disso. Bom dia pra todos vocês.

CRIANÇAS SE TRANSFORMAM EM HOMENS E AQUELA PORRA TODA

Para minha amiga Majeca Angelucci

EU TINHA 16 anos. Tinha acabado de ter minha primeira experiência sexual que evidentemente foi um desastre. A garota me deixou no final da fila. Ela já era uma lenda quando resolveu me conceder alguns "segundos" de sua atenção e até hoje eu não tenho certeza se aconteceu mesmo. E o Chacrinha apareceu lá em Londrina. Com sua caravana. Ele fazia isso. Pegava algumas chacretes e fazia caravanas por cidades do interior. Uma espécie de "Chacrinha para os pobres". Ele levava quatro chacretes e geralmente apresentava no ginásio de esportes da cidade um programa parecido com o que ele fazia na televisão com calouros, buzina, abacaxi e o escambau, uma espécie de pocket-buzina. E eu me inscrevi pra participar. Ia ser no Moringão, ginásio de esportes de Londrina. Fui à tarde lá pro teste que consistia em passar a música com a banda pra ver se rolava de participar do show. Eu escolhi uma do

Roberto & Erasmo da Jovem Guarda, uma que eu vivia cantando em casa: "Parei, olhei". E até que na passagem de som deu tudo certo. Passei a música, a banda aprovou e eu fiquei ouvindo os outros candidatos. À noite cheguei lá no Moringão tranquilo e confiante. Foi aí que começou a tragédia. As chacretes apareceram e elas passaram por mim no corredor, já vestidas a caráter (ou sem qualquer vestígio de caráter, sabem como é). As quatro que foram pra Londrina eram Lia Hollywood, Índia Amazonense, Fátima Boa Viagem (uma das minhas preferidas) e a absurda Rita Cadilac, que tinha sido a responsável por estourar meus pontos de fimose poucos dias antes, quando eu tava deitado no sofá da sala de casa assistindo inocentemente o programa do Chacrinha na TV – lembro do Doutor me falando que eu não podia ter nenhuma ereção pelo período de um mês – não se fala algo assim para um garoto de 16 anos – não há pontos de fimose e não há inocência que resistam a uma dança da pantera da Rita Cadilac. As quatro passaram por mim e eu comecei a ficar visivelmente perturbado. O programa começou e eu só fui piorando. Então o Chacrinha chamou o meu nome e eu entrei. A Fátima Boa Viagem foi quem veio me buscar me levando pela mão. Quando ela pegou na minha mão, foi uma ereção imediata. Ela me levou até o microfone e eu fiquei lá parado na frente do ginásio lotado. O Chacrinha falou alguma coisa pra mim que eu não consegui ouvir. Definitivamente minha alma já tinha sido teletransportada pra algum vihara. Ali naquele palco do Moringão só restava a carcaça podre de um animal pré-histórico sem nenhuma sensação poética a não ser aquela ereção incontrolável e um único pensamento fixo. A banda atacou os acordes iniciais da música, Rita Cadilac mexeu aquele traseiro mítico bem ali na minha frente e eu paralisei. Deixei passar a entrada da música e não consegui sequer abrir a boca. Então ouvi o Chacrinha falando: "Vai cantar ou não vai cantar meu filho?" Olhei pra ele que deve ter percebido o meu desespero e se apiedado de mim. Olhou pra banda e mandou: "Mais uma chance para o garoto". A banda atacou. Rita Cadilac fez de novo. Aquele movimento com o traseiro. Aquilo devia ser proibido. Aquele movimento desagregador de lares, com poder suficiente para explodir a célula mater da sociedade, capaz de deflagrar conflitos e promover a paz mundial no minuto seguinte. E foi aí que aconteceu. Toda aquela porra inundou minha calça. Não sei se o Chacrinha percebeu, mas ele veio correndo em meu socorro buzinando e falando: "Troféu abacaxi para o garoto". Fátima Boa Viagem veio com o abacaxi e pegou de novo na minha mão. E aconteceu de novo. Eu era um produtor em larga escala, capaz de fertilizar toda a China e ainda sobrar um pouco pra uma parte menos favorecida do Vaticano. Fui conduzido por ela para os bastidores. Tinha uma mancha enorme na minha calça. Quando cheguei nos bastidores as pessoas me olhavam atônitas tentando entender o que tinha acontecido. Eu devia estar patético segurando aquele abacaxi sob o olhar piedoso dos outros candidatos que esperavam a sua vez. Larguei o abacaxi num canto, olhei pra rapaziada que me encarava e fui despertando aos poucos. Senti minha calça grudando e fui abrindo um sorriso bobo que desarmou a todos que estavam me olhando. Ergui a cabeça e fui andando vitorioso pelo corredor, como um pugilista que perde por nocaute, mas ainda assim, mantém o orgulho intacto. Quando cheguei lá fora dei um pulo de alegria como um Zico depois de mais um gol pelo Flamengo. Aliás, foi exatamente como o Zico fazia. Naquela noite eu fui especialmente feliz. Aquele sorriso bobo no meio do rosto não conseguia me trair. É assim que meninos se tornam homens, orgulhosos de suas ereções e suas aparentes derrotas. Afinal são as derrotas que vão nos acompanhar pelo resto de nossas vidas. E as ereções por boa parte delas. Que saibamos aproveitar as duas. Enquanto elas estão por aqui.

PASSANDO EM frente ao Marajá, ouço uns gritos de "SAI FORA DO CARRO. MÃO PRA CIMA" etc, etc. Um carro da polícia civil fecha o trânsito e dois policiais armados apontam suas armas pra um motorista que sai devagar de dentro do carro. As pessoas param pra olhar. Prefiro continuar andando. Contrastando com toda a iminência de uma situação conturbada e violenta. Entro em casa depois de sair de uma leve chuva vespertina e começo a ouvir os dois CDs da Cat Power que comprei na "Locomotiva Discos". Um mundo suave se apresenta e também apresenta suas armas. Noto que também sou feito desses contrastes. De ver um filme de porradaria com Jason Statham e depois um documentário do Walter Franco "Tudo é uma questão de manter a mente quieta, a espinha ereta e o coração tranquilo". De ouvir um Jon Spencer e depois uma Cat Power. Não somos todos assim? Resta cada vez mais escolher o que for necessário no momento mais adequado. Ou então o silêncio. Percebo que o silencio incomoda mais que uma britadeira antes do café da manhã, mais que um concerto de Death Metal. O silêncio ainda vai parar uma guerra.

O AMOR QUE DIVIDE

Ainda meio sonado, vou até a esquina pra tomar um café no boteco. Gosto de café de boteco. Um casal de moradores de rua para na entrada do bar.

"Sem querer incomodar, nós somos moradores de rua. O senhor poderia nos pagar um salgado?"

"Claro. Escolhe aí. O que vc quer?"

"Pode ser um pastel? Nem é pra mim. É pra minha mulher."

"Tudo certo".

Aí a atendente diz:

"Você não prefere a fogaça? Acabou de sair".

"Não. O Pastel mesmo. É maior. Aí a gente pode dividir".

Simples assim.

Só faz história quem não se preocupa com o futuro.

* * *

A raiva é irmã dileta da estupidez. E também pode ser uma boa patrocinadora.

* * *

Decepções são apenas pílulas homeopáticas para um mal que aflige grande parte da humanidade que é a total descrença no ser humano. Só que no caso tratam-se de pílulas que só agravam a doença. Para alguém que trabalha basicamente com a matéria-prima que é o próprio ser humano, não me parece acalentador.

* * *

Um pedaço de bolo de chocolate quando você tá muito bêbado é a prova máxima e incontestável da existência de Deus.

* * *

Você percebe que maconha é algo realmente muito nocivo quando perde cinco preciosos minutos de sua vida assistindo um clipe do Rappa.

* * *

Você admite sua total condição de looser depois que passa uma noite numa festa que tava cheia de mulheres bonitas e que termina com você bebendo um whisky na cozinha da sua casa com o Harry Potter (Sandro Luiz Gonçalves). Esse sou eu!

* * *

Quantas derrotas um homem tem que ter para ele entender que a música que será tocada em seu funeral não precisa necessariamente ser a mais triste de todas?

* * *

Tem uma hora que tudo longe do bar parece melhor. Até mesmo a nossa cama, uma pizza gelada e um filme dublado da TNT.

* * *

Ficar num fim de tarde parado olhando o mar (me perdoem a rima fácil), é um bom jeito de rezar.

* * *

Saber, enfim, que você não tem mesmo porra nenhuma, te dá um poder fdp.

* * *

Carnaval pra mim é só um ruído chato que entra pela fresta do vitrô da minha kitchenette e que a guitarra de Freddie King trata de expulsar pra bem longe daqui.

* * *

Eu conheço muita gente que não quer exatamente o mal de ninguém. O problema é que elas querem por demais o bem delas.

* * *

Prova de amor pra mim é o cara ter a manha de assistir "Sex and city" com a namorada.

* * *

Ontem uma amiga me perguntou: "Você acha que só porque eu sou bonita, as coisas são mais fáceis pra mim?" E eu disse: "Eu só acho que você tem mais oportunidades pra fazer de conta que não é com você".

* * *

O que faz um boêmio notório e inveterado numa noite de sexta-feira em casa às duas da madrugada? Abre um vinho, bebe sozinho e ouve Emmy Rossum.

* * *

Acho que a vida podia ser como no seriado "Supernatural". Eu não tô falando de demônios, bruxas e fantasmas. Prefiro não trombar com eles por aí. É que ia ser bacana pra caralho se sempre que a gente ligasse o rádio do carro, tocasse uma música muito foda.

* * *

O maior afrodisíaco é o Desejo. O resto definitivamente é Química.

* * *

Você se dá conta de que sua vida tá uma merda, quando chega à noite e você chega à conclusão de que a coisa mais prazerosa que aconteceu em todo o seu dia foi ter comido um churrasco grego.

* * *

Sabe um troço que dá o mó orgulho? Você vai com sua filha na lanchonete. Ela pede um salgado qualquer e aí pergunta: "Pai, posso pedir uma fanta uva?"

* * *

Escritores vão continuar escrevendo, sozinhos. E sem a interferência de ninguém. Editores, amigos, esposas. Eles ficam longe nesse momento. O escritor é um exibicionista tímido. Só quando está sozinho, ele consegue se desnudar. Quem quiser ver o resultado, vai ter que esperar a Polaroid desse momento. Na livraria mais próxima.

* * *

Eu diria que os livros são sempre a melhor companhia. Mas nem sempre é assim. Às vezes eles fazem com que nos sintamos ainda mais sozinhos. Mas nem por isso abdicaremos da sua perigosa companhia.

* * *

Um homem prevenido não é aquele que anda com preservativos no bolso da calça. Esse eu chamo de um homem esperançoso.

* * *

"Putaria é uma espécie de indiferença" (Paulo César Pereio) Ele mandou essa agora há pouco na frente do Biro's enquanto a gente tava conversando. No momento que ele falou, fiquei sem entender exatamente o que ele tava querendo dizer. Depois de um tempinho, pensei: "Que puta frase filha da puta di boa".

* * *

Aconteceu quando eu tava na UTI. Me contaram depois. Algumas enfermeiras estavam conversando e aí uma delas falou: "Esse cara tem uma puta sorte, né? Levou três tiros e não morreu, não vai ter nenhuma sequela séria e não pegou nenhuma infecção hospitalar". Aí uma outra enfermeira falou: "Bom, até concordo com você que ele tem sorte, mas infecção hospitalar? Como é que ele ia pegar infecção hospitalar com a quantidade de álcool que ele tinha no sangue?"

* * *

Eu escrevi um texto no meu blog onde conto da época que eu bebi creolina pra curar feridas na minha perna. Aí uma leitora me escreveu dizendo: "Pô, cara, você, hein? Toma três tiros e não morre. Bebe creolina e não morre. O que você é? Alguma espécie de X-Men?" Eu respondi: "Pô, isso é porque você ainda não me viu comendo churrasco grego na Praça da Sé".

PQ A PRESSA?

Eu não vou citar o nome da pessoa, porque talvez ela não queira ser citada, já que a situação foi um tanto quanto delicada. O que aconteceu é que um garoto de 19 anos tentou suicídio. Uma merda, né? E aí essa pessoa foi conversar com o menino e sem saber muito bem o que dizer num momento como esse, mandou essa: "Garoto, porque a pressa?" Achei bom pra caralho. Realmente, né? O menino tem 19 anos. Porque a pressa, caramba? Espero que ele já tenha desencanado dessa bobagem para alívio dos seus pais e de todos os que o cercam e com certeza, o amam.

NOSSA MÁ FAMA NOS PRECEDE

FOI ASSIM: ano de 1984, eu tinha 22 anos e o Festival de Teatro de Ponta Grossa era o primeiro festival de nível nacional que o nosso Grupo (o "Cemitério de Automóveis" que na época atendia por "Chiclete com Banana") ia participar. Fomos selecionados como o grupo que ia representar o Estado do Paraná no Festival. A gente não tinha a menor experiência em festivais. Pra mim foi uma surpresa terem nos selecionado. A peça era "À Meia-Noite um solo de sax na minha cabeça". Havia uma grande expectativa por parte de todos em relação ao nosso trabalho já que ninguém tinha ouvido falar de nós. Apresentamos a peça e até que foi bacana. O público parecia ter curtido o espetáculo de recursos modestos (a gente não tinha cenário, nem figurinos e sequer qualquer efeito de luz – na época eu não sabia diferenciar um elipso de um PC) totalmente apoiado na interpretação e no texto. O que acontece é que nos festivais de teatro era comum a prática do debate com o público e o júri após o espetáculo.

Era assim: A gente sentava na beirada do palco e armados com um microfone discorríamos sobre o nosso trabalho e ouvíamos as opiniões do júri e na sequência as opiniões do público e até discutia com eles se fosse o caso. Como convidada especial do Festival havia nesse ano uma decana do teatro brasileiro, a Sra. Luiza Barreto Leite. Eu não entendi muito bem qual era a bronca dela. Parece que ela teve algum amigo ou parente que se envolveu na luta armada ou algo do tipo. Não lembro com precisão onde foi que o calo apertou. O que acontece é que ela disse que eu tratava o tema da guerrilha urbana com frivolidade. Quem conhece a peça sabe que um dos personagens se envolve na luta armada, cai na clandestinidade e depois foge do país permanecendo exilado na França até o decreto da Anistia. Mas eu trato tudo com bom humor tentando escapar do tom panfletário dos anos 70 onde não era possível tratar o tema sem a seriedade que todos achavam que ele merecia. Mas quem conhece a peça também sabe que não há qualquer intenção de desrespeito com aqueles que se envolveram com a luta no período. Mas a Luiza Barreto Leite insistia em dizer que eu havia sido leviano ao abordar o tema. O que acontece é que eu tava segurando o microfone aberto na minha frente e levando-se em conta que eu não tinha a menor experiência em debate, esqueci que ele tava ligado e no meio da explanação dela soltei um involuntário e inocente "ah, vai tomar no cu!" Era só aquele tipo de desabafo que a gente fala pra ninguém ouvir, quase um resmungo. Mas com o microfone ligado, toda a plateia ouviu e ficou parecendo que eu havia realmente xingado a

Dona Luíza. Ela ficou indignada com a "falta de respeito" e se levantou determinada e saiu da sala em atitude de protesto. Prestando solidariedade a ela, todo o júri se levantou e foi junto. E nós ficamos lá, abandonados à nossa própria sorte e sem a menor chance de lutar por qualquer prêmio do Festival depois de nossa demonstração de "desrespeito". O que acontece é que a maioria dos outros grupos do Festival já haviam sofrido com as críticas do Júri e da Dona Luíza e eu me tornei uma espécie de herói do Festival. Aonde eu ia, as pessoas vinham me abraçar e me parabenizar pela atitude de coragem que tive ao mandar a digníssima senhora tomar naquele lugar. Me tornei uma espécie de porta voz dos anseios de todos os participantes. Na verdade todos queriam fazer o que fiz "involuntariamente". E a partir desse evento, ficamos sendo conhecidos como o Grupo que quebrava o pau com o júri. Em todos os festivais que a gente participava, fazíamos valer a nossa fama. A gente não arregava. Em Presidente Prudente, no debate de "Feliz Natal, Charles Bukowski" mandamos o júri inteiro pro inferno. Eles todos se levantaram e foram embora. Depois fomos expulsos do Festival pela organização que alegou "baderna no alojamento". Conseguimos a intervenção do Delegado de Cultura que permitiu a nossa permanência no festival por conta dele. E há muitas outras histórias do tipo. O saudoso Ademar Guerra costumava dizer carinhosamente e entendendo o nosso espírito que "o Grupo Cemitério de Automóveis não é um grupo de teatro, é uma gang de rock and roll". Nossa "má fama" de baderneiros e "garotos sem nenhuma educação" perdurou até meados

dos anos 90 quando a gente decidiu que "era hora de crescer" e que a brincadeira já tinha perdido a graça. Mas foi divertido enquanto durou.

JANTANDO COM DEUS

ESTAVA JANTANDO com Deus (Paulo Jordão) até agora há pouco. Sim, eu, pobre mortal e pecador, tenho esse privilégio. Eu janto com Deus. E ele deixa que outros pecadores também se sentem à mesa com ele. E nem precisa ser nenhuma Maria Madalena, afinal você não confundiria Tarcísio Buenas ou Douglas Kim com Maria Madalena. Só é preciso uma boa jarra de vinho e Deus nos concede essa dádiva. Em determinado momento da noite, descobri que "Deus é maconheiro", mas parou. E pouco depois o garçom (íntimo de Deus) nos contou que é muito difícil encontrar alguém com o equilíbrio de Deus, alguém que sempre procura manter o peso exato, nenhuma grama a mais, que sempre pede o mesmo prato e que não permite que os alimentos supérfluos interfiram em sua dieta. Fiquei orgulhoso de Deus. Em dado momento da noite, Deus então sentencia: "Se vocês não entenderem de gibis e Douglas Kim, jamais irão entender o trabalho do Bortolotto". Fiquei pasmo diante dessa afirmação. Deus está realmente acima da Verdade. Quando o vi descendo a rua, tive então a certeza de que estamos todos irremediavelmente abandonados à triste sina de vagar sem nenhum objetivo real. Que tudo que fizermos de agora em diante, só servirá para reafirmar o que temos de mais falível que é o nosso futuro diante da única verdade que é a nossa finita existência e a cruel existência do inexplicável. Que tenhamos pelo menos a coragem de aceitar a verdade.

DONA MARIA

MINHA MÃE. Sempre foi tão difícil. Saí de casa com 12 anos porque não suportava a vida em família. Mas eu não tinha nada contra nenhum deles em especial. Só não acreditava no negócio todo. E eu e minha mãe sempre nos desentendemos. Teve uma época em que a gente se destratou de maneira muito filha da puta. E eu ia embora, puto da vida e a gente ficava sem se falar durante dias. Mas o amor tava ali, é claro, no meio da porra dos escombros. Mas não era essa merda de amor obrigatório de mãe e filho. Era amor pela figura. Pelo jeito terno que ela me olhava quando queria me mandar pro inferno. E foi assim, durante muito tempo. Nos últimos anos ela tava triste e frágil e eu menos aguerrido, menos na defensiva. E a gente se reconheceu. E eu andava abraçado com ela pelo centro da cidade enquanto ela arrastava sua perna com o joelho destroçado. Eu levava ela pra comer um cachorro quente que ela adorava. Era uma das maiores alegrias dela. Comer aquela merda daquele cachorro quente de rua. E depois ela dizia:

"Meu filho Mário não tem vergonha de andar abraçado comigo na rua", como se isso fosse alguma merda, como se eu tivesse realmente fazendo algo nobre. Mas eu descobri que era o que ela tinha de mais prazeroso. E meus amigos se divertiam quando iam à minha casa e ela contava histórias pra eles. E ela também ficava feliz por meus amigos gostarem dela. Minha mãe, nos seus últimos anos, apesar de todas as doenças e de toda a tristeza, foi uma das pessoas que mais me emocionou nessa merda dessa vida. E não tem nada a ver com o fato de ser minha mãe. Como eu disse antes, sempre foi muito difícil. Mas quando a Ika me encontrou na frente do Zaqueu de Melo e me contou que ela tinha partido, eu me sentei no banco da praça e fiquei com a cabeça abaixada esperando que alguém me batesse com a cabeça no chão. Nunca aconteceu. Eu ainda tô por aqui tentando entender a merda toda.

ZÉ BRANCO

Meu pai. Eu não faço ideia qual era o tipo de demônio que colou no pé dele. Mas tinha um do primeiro time, ou vários. Meu pai tinha um pai alcoólatra e que era motorista de caminhão. Meu pai tinha um irmão mais novo que também era motorista e que se metia em brigas violentas de boteco. Uma vez ele arrancou a orelha de um cara a dentadas. Hoje parece que ele virou evangélico e tá mais calmo. Não tenho certeza. Nunca mais ouvi falar dele. Meu avô fez meu pai começar a trabalhar muito cedo. Ele ainda não era maior de idade e sequer tinha carteira de motorista. Mas meu avô fazia ele trabalhar dirigindo o caminhão pelo interior de São Paulo. Meu pai um dia caiu com o caminhão de uma ribanceira. Perda total. Levou uma surra fenomenal e teve que trabalhar vários anos de graça pra pagar o prejuízo. Meu pai conheceu minha mãe, se apaixonou e casou com ela. Acho que foi tudo muito rápido porque ele não via a hora de escapar do meu avô. Mas os demônios continuavam no pé dele e depois de um tempo eles se tornaram por demais persuasivos. Meu pai chegava em casa muito bêbado e quebrava tudo. Toda a casa e inclusive minha mãe. No dia seguinte ele se arrependia e comprava de novo todos os móveis da cozinha que ele havia quebrado na noite anterior. E se tornava um marido muito doce para minha mãe nas próximas duas semanas, até os demônios voltarem a sentar com ele na mesa do boteco. Aí o inferno reaparecia com tudo. Mas meu pai, surpreendentemente jamais foi agressivo com qualquer um dos filhos. Nós tínhamos medo dele, muito medo. O barulho do seu caminhão chegando fazia com que a gente se retirasse correndo pro quarto, como baratas quando a luz acende. Sempre foi assim. Ele nunca precisou bater em nenhum de nós. De vez em quando eu arriscava ficar vendo televisão pela fresta da porta do quarto enquanto o meu pai roncava no sofá da sala. Meu pai nunca falava comigo, a não ser o estritamente necessário. Só o vi realmente preocupado comigo uma vez. Foi quando após uma punheta mal batida, achei que tinha ficado com algum problema no pênis. Ele então falou: "Meu filho não pode ter nenhum problema desse tipo". E me levou prontamente ao hospital. Era só uma bobagem de criança e ainda fui ridicularizado pelo médico que fez com que eu acreditasse que estava sofrendo de um mal muito grave e irreversível. Depois que operei de fimose, não tive mais esse problema incômodo e meu pai não teve mais que se preocupar comigo. Meu pai andava sempre armado e se metia em brigas terríveis nos bares. Ele chegava completamente bêbado em casa, mas jamais bateu o caminhão, a não ser numa noite em que ele desgraçadamente foi bater logo num carro de polícia. Foi preso e ficou muitos dias em casa sem falar uma só palavra. Eu olhava meu pai de longe e tentava entendê-lo. Nunca consegui. Quando saí do seminário ele me arrumou um emprego numa cidade próxima. Depois de três dias, larguei o emprego e voltei pra casa. Foi a única vez que ele ameaçou partir pra cima de mim. Minha mãe gritando entre nós e eu deixando claro: "Deixa ele vir. Eu vou apanhar, mas ele também vai levar". Ele decidiu não vir e eu tive que sair de casa. Teve uma vez que ele chegou bêbado e foi pra cima da mãe. Eu já tinha quase 20 anos e consegui segurá-lo e imobilizá-lo no chão. Não que eu fosse grande coisa. Meu pai era muito mais forte que eu. Mas acontece que ele tava bêbado, o que me deu a vantagem necessária. Eu disse que só iria soltá-lo se ele prometesse não ir mais pra cima da mãe. Ele aceitou. E meu pai era um cara de palavra. Se levantou e foi tomar banho. No dia seguinte eu tava sentado no chão da sala assistindo TV com a minha mãe que tava deitada no sofá. Meu pai entrou com o revólver, engatilhou ele na minha cara e falou: "Da próxima vez que você me agredir, eu te dou um tiro no meio da cara". Engoli seco e respondi: "Pai, eu não quero jamais te machucar, mas se você for pra cima da minha mãe, vou ter que interceder de novo". Ele olhou fixo pra mim, guardou a arma e saiu. Nunca mais agrediu a minha mãe depois desse dia. Teve um tempo que eu dormi num quartinho nos fundos de casa. Chegava de madrugada quando meu pai já tava dormindo e só saía depois do almoço quando ele já tinha vindo almoçar e voltado pra trabalhar. Nunca o encontrava. Teve uma noite que eu fui dormir com a Rosi (minha primeira mulher) na casa dela. O meu amigo Márcio Américo entrou bêbado lá em casa e foi lá no quartinho dos fundos me procurar. Meu pai ouviu o barulho e levantou armado, viu o Márcio e meteu o revólver na cara dele. Por sorte minha mãe também acordou e intercedeu. Lembro que o Márcio me contou depois que a mãe falava assim: "Não mata ele não, Zé. É amigo do Mário". O Márcio deve saber a sorte que ele teve da minha mãe chegar em tempo. Minha mãe me dizia que queria se separar do meu pai. Eu ia ao cartório com ela, mas na hora de colocar tudo no papel, ela sempre desistia. Como eu sempre acompanhava minha mãe nessas idas ao cartório, meu pai achava que eu tava contra ele. Tentei explicar uma vez que eu não tava contra ninguém. Que gostava dos dois e só queria que eles resolvessem tudo da melhor maneira possível. Acho que meu pai nunca entendeu isso. E continuava brigando nos bares para tentar acalmar os demônios que estavam no pé dele. A verdade é que minha mãe amava o meu pai, simplesmente isso. Sempre amou. Quando minha mãe morreu, meu pai ficou ainda mais triste e sozinho. Eu levava minha filha pra visitá-lo de vez em quando. Ficava sentado sozinho na cozinha bebendo uma cerveja enquanto meu pai, do jeito dele, brincava com a minha filha. Ele nunca soube demonstrar carinho. Na verdade ele praticamente não fazia nada. Deixava ela ficar andando pelo quarto e mexendo em tudo. Ele ficava olhando pra ela com uma certa ternura. Algo que eu jamais havia visto em toda minha vida. Eu gostava daquilo. Depois de um tempo ele ficou muito doente. Lembro do primeiro dia que ele foi pro hospital. Eu fui lá e fiquei sentado perto da cama dele. Nós não trocamos nenhuma palavra, mas parecia que ele já sabia que estava condenado. Tivemos que vender o pouco que ele tinha (o caminhão, o carro e a casa) pra pagar o tratamento dele. O que achei mais do que justo, já que tudo o que ele tinha, ganhou com o trabalho dele. Nós não tínhamos nada a ver com isso. Não tinha porque a gente herdar porra nenhuma. Nesse período quem ficou mais perto dele foi minha irmã que cuidou do internamento. Ele ainda ficou dois anos internado antes de morrer, mas nesse período ele não lembrava de mais nada. Eu ia visitá-lo e ele não fazia ideia de quem eu era. Estava muito magro, anos luz do sujeito forte e assustador que sempre foi. Era quase um fantasma. Fiquei sabendo da morte dele por telefone. Já tava morando em São Paulo quando ele finalmente morreu. Foi diagnosticado como atrofia cerebral causado pelo excesso de álcool. Na noite que fiquei sabendo de sua morte, desliguei o telefone e fui até um daqueles botecos vagabundos da Marechal Deodoro, sentei sozinho no balcão e matei pelo menos meia garrafa de Dreher (que era o que o meu dinheiro podia pagar). Foi a maneira que encontrei para homenageá-lo. Meu pai tinha vários demônios no seu encalço. Cometeu muitos erros, especialmente com a minha mãe. Mas eu tento evitar qualquer julgamento moral quando penso nele. Porque se o fizer, vai ficar fácil cair no bom mocismo de condená-lo. Não é que eu esteja procurando atenuantes. Jamais pensei nisso. É que nada é tão simples assim como tentam vender nos romances baratos e novelas de TV. Só sei que quando lembro dele sentado na cozinha num domingo à tarde com minha mãe espremendo espinhas nas suas costas, ou quando lembro dele chegando de uma pescaria e distribuindo peixes para os gatos que ficavam alvoroçados... Enfim, quando lembro dele assistindo Tom & Jerry com o gato sobre sua imensa barriga enquanto ele ria como uma criança... Bem, nessas horas eu acho que os demônios davam uma trégua ou se retiravam pra beber em algum boteco do inferno, sei lá. O que sei é que sempre vou lembrar do meu pai olhando com ternura para minha filha. É essa imagem que quero guardar. O resto não importa. Deus jogou os dados há muito tempo sobre a mesa. Acho que meu pai nunca tentou blefar na hora que viu as cartas que estavam reservadas pra ele. E eu também me sinto em paz quando penso nisso.

TIO MIGUEL

É ESTRANHA a sensação de dever a vida para algumas pessoas. Até mesmo porque pessoas que aparentemente a desprezam tanto porque afinal a vida não é lá essas coisas, costumam amar um bocado a sublime experiência de andar por essa terrinha assobiando "Mr. Bunker" entre uma cagada e outra. Eu sei que devo a minha vida a algumas pessoas. A minha nova vida e a antiga. Sim, porque eu tenho duas. Algumas pessoas não sabem, mas espero comemorar dois anos de vida em breve. E a minha antiga vida foi marcada por tardes em cima da minha casa de infância descascando tangerina e jogando as cascas na casa do vizinho ou então me ferrando com os *"marditos fiapos de manga presos no maxilar inferior"*[1] com minha primeira mulher, a Rosi. Eu chamo de "mulher" embora tenha tido outras boas garotas antes dela. Mas essa foi a primeira "mulher". É melhor falar disso em outra ocasião. Mas

---

1. Verso de uma música da banda "Joelho de Porco"

minha antiga vida que também foi marcada por incansáveis partidas de "burquinha" (que é como a gente chamava as bolinhas de vidro lá no interior do Paraná) e corridas ansiosas e desesperadas até em casa porque o sino da igreja batia às seis horas e a gente tinha que estar em casa nesse horário, caso contrário o chinelo havaiana comia nas costas, sabe como é. Bem, mas o que me marcou na infância (da minha antiga vida) foram as tardes que passava lendo gibis na casa do Tio Miguel. Eu aprendi a ler antes de ir pra escola, graças aos gibis mágicos do Tio Miguel que foi o cara mais importante da minha infância, culturalmente falando. Meu Tio Miguel era sapateiro (eu não sou o cara mais bacana do mundo e não sei exatamente lidar com família – embora goste deles – mas também acredito que seja bom fugir de vez em quando – um bom garoto sempre foge de casa – nem que seja pra ir prum seminário – embora seja tirado de mau garoto, mas enfim, meu livrinho de auto-ajuda "Como ser um fracassado consciente" tem um capítulo que ensina os bons garotos a serem tirados de maus – e podem crer que nós sempre perdemos no final) e ele perdeu a audição ainda adolescente. Parece que ele tinha que ficar trabalhando na friagem ou algo do tipo e isso fodeu a audição dele quando ele ainda morava em União dos Palmares (Alagoas). Só sei que ele era uma espécie de gênio na escola e ainda cedo foi privado de ouvir os sons com nitidez. E aí foi privado de ouvir música que ele adorava (de vez em quando ele cantava algumas músicas que tinha aprendido quando garoto e quando ainda podia ouvir), e de ouvir as conversas dos outros (ele adorava conversar) e foi privado de ouvir os professores (ele sabia trechos inteiros de "O Guarani" de José de Alencar e falava pra gente ouvir. Ele nunca esqueceu). Meu tio era mesmo uma espécie de gênio. Então ele não podia mais assistir os filmes que gostava ou ver TV. E aí se refugiou nos gibis. Ele morava numa casinha nos fundos de casa com a minha avó e tinha um guarda-roupa cheio de gibis. Era o meu lugar favorito. Meu bunker. Minha casa na árvore. Eu passava tardes inteiras deitado no sofá da minha avó lendo gibis que meu tio comprava com seu parco salário de sapateiro. E quando ele chegava, sempre trazia um gibi novo e falava de sua nova aquisição com entusiasmo infantil que me fascinava. E eu já queria ler as novas histórias. Se pro meu Tio, era tão premente, pra mim também era. Foi ele que me apresentou todos os quadrinhos da Disney, todos os heróis Marvel e Tex Willer e Zagor e acima de tudo foi ele que me apresentou Ken Parker. Nada foi tão importante na minha infância. Nem a primeira ereção que não entendi porque aconteceu depois de eu ter ficado alguns segundos sozinho com uma menina da vizinhança. E eu fui correndo pro banheiro perturbado e fiquei jogando água fria em cima pra ver se "ele" abaixava. Ken Parker foi uma revelação. No início eu fiquei intrigado com os desenhos do Ivo Milazzo, mas meu Tio me explicou que aqueles desenhos eram especiais e me chamou a atenção para o texto preciso, poético e ao mesmo tempo, amargo e desiludido, profundamente existencialista de Giancarlo Berardi. Quer dizer, antes de Bukowski, de Henry Miller e todos os beats, houve Ken Parker. A história preferida de Ken Parker do meu Tio era "Chemako, aquele que não se lembra". Meu Tio ouvia sons confusos que ele não entendia direito. Meu Tio às vezes perdia a calma por conta dessa orquestra dodecafônica na sua cabeça. E uma vez ele deu um puta tapa na minha cabeça. Doeu pra caralho. Mas doeu mais porque foi meu Tio que me bateu. Eu não esperava isso dele. Minha Mãe ficou muito puta com ele e disse que ele não tinha o direito de bater em mim. Eu expliquei pra ela que tava tudo bem e que eu não tava com raiva. E realmente eu não tava. Eu só tava muito triste. Era como se o seu herói de repente te chutasse a cara ou algo do tipo. Foi quando eu aprendi que os heróis também podem te decepcionar. Foi quando eu aprendi que heróis não existem longe dos quadrinhos. Mas acho que lendo "Ken Parker" eu já tinha intuído isso. Eu já não acreditava em Tex Willer nem em Zagor e muito menos no "Super Homem". Sempre suspeitei dele. Então eu deixei todo aquele negócio que eu tinha idealizado durante toda uma vida (ainda pequena) do lado de fora, tranquei, joguei a chave fora e decidi: "Aqui ninguém entra mais". Minha avó morreu e depois a minha mãe. Apenas com o meu pai vivo, não havia mais um lugar tranquilo pro meu tio lá em casa. Ele parecia uma pessoa que não era bem vinda. A situação ficou insustentável. Meu pai nunca gostou muito dele. Ou parecia não gostar. Meu pai parecia não gostar de ninguém. Nem de mim, inclusive. Eu sabia que não era bem isso. Mas eu entendo que as pessoas pensassem assim. E ele foi embora. Fiquei anos sem vê-lo. Há alguns anos eu fui visitar os meus primos (não sou disso – quer dizer, esse negócio de visitar as pessoas), mas nesse dia eu fui lá, nem lembro direito o que me levou a fazer isso. Acho que foi porque meus primos apareceram pra assistir uma peça minha e então me convidaram pra ir lá na casa deles. E reencontrei o meu Tio e ele era o mesmo cara, falando sem parar dos seus gibis e falando trechos de "O Guarani" e rindo de alguma coisa que eu falava e que ele parecia entender. Eu inventei um jeito de falar com ele, com gestos e frases sendo ditas bem devagar e dividindo as sílabas com excessivo cuidado. Eu fui embora da casa dos meus primos naquela tarde com a imagem do Tio Miguel coçando a barriga do gato que ele segurava enquanto parecia tentar entender o que eu tocava no violão. Eu não posso pagar tudo o que aprendi com ele. Mas acima de tudo, eu sei que o que mais respeito nele foi sua total independência. Sua altivez e sua coragem. Mesmo sabendo que tava tudo contra ele e tipo sua fatia de pão tinha mesmo caído com a manteiga pra baixo, nunca deixou que dissessem a ele o que devia fazer. Meu Tio é aquele tipo de cara que se for pro paraíso (poucos merecem mais do que ele) vai mesmo é na classe econômica, pra não ficar devendo nada pra ninguém. Mas não há nenhuma insolência nele. Quando vierem fazer o inevitável check-out, não haverá nenhum acréscimo desnecessário na sua conta. Ele vai embora pela porta da frente e eu vou estar sorrindo em algum canto da rua bebendo uma dose de whisky e vou ficar mais uma vez orgulhoso pra caralho dele, como fui em toda a minha vida. Quer dizer, as duas. A antiga e a nova.

Os AMIGOS são pessoas que sentam na mesma mesa que a minha. Ou então que sentam na calçada e dividem copos de cerveja e angústias. Os outros são pessoas com quem não faço a menor questão de me relacionar. Que Deus me livre dos malas e dos sujeitos mal intencionados. Acreditem, há muitos deles por aí. Só quero fazer bem o meu trabalho, acertar as oito bolas no menor tempo possível e beber meu whisky devagar e sem nenhuma ansiedade. Não quero muito da vida. Só a manhã que há de vir. E eu ainda espero estar por aqui pra recebê-la com uma encabulada declaração de amor.

EVERTON

A GENTE tava numa festa. O Everton se aproximou de uma amiga minha e começou a falar com ela daquele jeito que só ele tinha a manha. Em poucos segundos ele tava dizendo olhando nos olhos dela: "Eu não consigo viver nem mais um minuto sem você. Eu não consigo mais respirar longe de você. Eu preciso de você. Eu te quero pro resto da minha vida" e mais outras coisas do tipo. Minha amiga olhava abismada pra ele. Naquele tempo eu ainda fumava maconha de vez em quando. A rapaziada subiu pra dar uma bola e eu fui junto. Foi o tempo de um pega e eu desci a escada. Quando cheguei lá embaixo, o Everton tava no mesmo sofá falando com a minha amiga, só que agora ele dizia: "Assim não é possível. Essa relação tá me sufocando. Eu não consigo mais. Você não me deixa viver. Eu preciso da minha liberdade. Preciso que você respeite minha individualidade. Não posso mais. Nós vamos ter que terminar" Assim era ele. Vivia tudo tão intensamente que era capaz de amar uma garota de maneira tresloucada e no segundo seguinte nunca mais querer olhar na cara dela. Eu lembro quando o conheci em Londrina. Nas primeiras noites que a gente tava bebendo vi uma garota dar em cima dele. As mulheres sempre gostaram muito do Everton. A garota tava se jogando total. Quando ela foi no banheiro, perguntei pra ele: "E aí, Everton? Gostou dela?" Ele olhou sério pra mim e falou: "Não dá, Marião. Essa menina tem pouca energia". Everton é sem dúvida nenhuma o melhor ator que eu já vi em cena. Carisma indiscutível e um talento incomensurável. Mas ele não gostava de trabalhar como ator. Achava tudo muito ridículo. Sempre desprezou a profissão. Ele veio morar em São Paulo antes de mim. Vivia de vender poesia nos botecos e morava em pensões baratas. Desistiu mesmo de trabalhar como ator. Quando vim pra São Paulo e o reencontrei, o convenci a voltar na peça "Medusa de Rayban". Ele ganhou o Prêmio Mambembe de "Melhor ator coadjuvante" do ano. Foi receber o Prêmio no Rio de Janeiro. Quando o chamaram no palco, fiquei sabendo que ele pegou o troféu e mandou: "Quero dedicar esse prêmio aos Racionais Mcs e ao Mário Bortolotto e agora vocês me dão licença que eu preciso mijar". E saiu esbaforido do palco. Everton gostava de música brega (Amado Batista, Odair José, Carlos Alexandre, etc). Ele gostava sinceramente de música brega. Vivia cantando o clássico de Carlos Alexandre: "Agora vá pra cadeia / porque o mundo é moderno / já que eu não te quero mais / vá morar com satanás / lá nas grades do inferno". Essa com certeza é a letra mais enigmática da música brasileira. Talvez só perca pras letras do Djavan. Afinal que história é essa de "ir pra cadeia porque o mundo é moderno"? O Everton gostava muito dessa música. Lembro do tempo que nós moramos no mesmo apartamento na Major Diogo. O Everton dormia num quartinho mais afastado (seria uma espécie de quarto de empregada). Ele tinha várias fitas cassete com essas músicas. Sempre que ele conseguia uma garota nova ele colocava uma dessas fitas pra tocar e ficava olhando severamente para a garota. Se ela, em algum momento, torcesse o nariz para a música ou fizesse qualquer gesto de reprovação, ele a expulsava do quarto: "VAI EMBORA DAQUI. VOCÊ NÃO TEM SENSIBILIDADE PRA FICAR COMIGO". Cansei de ver garotas sendo enxotadas lá do nosso apartamento por conta da falta de sensibilidade delas com Carlos Alexandre & Cia. Tava passando na época uma novelinha na TV que o nosso amigo Raul Barreto fazia. Ele tinha um caso com uma personagem interpretada pela atriz Patrícia Luchesi (a garota do primeiro soutien). O nome da personagem era Rosinha e o personagem do Raul era tipo um cara que colocou a Rosinha na vida ou algo assim. Eu não lembro direito. Só sei que na entrega de um prêmio Shell a gente tava lá enchendo a cara de vinho e eu fui brincar com o Raul: "Aí, Raul, seu pilantra, você fez mal pra Rosinha, hein?" O Everton já tava briaco e ouviu eu falar aquilo pro Raul. De repente ele parou na frente do Raul com os olhos faiscando e esbravejou: "VOCÊ FEZ MAL PRA ROSINHA?" (Entendam que ele sequer fazia qualquer ideia de quem podia ser a tal Rosinha.) Raul ficou sem ação diante do Everton que tava possesso de raiva e começou a persegui-lo na festa o tempo inteiro vociferando atrás dele: "SEU FILHO DA PUTA. VOCÊ FEZ MAL PRA ROSI-

NHA. VOCÊ VAI PAGAR POR ISSO". Raul veio falar comigo amedrontado: "Marião, eu sei que você e os outros tão de brincadeira, mas aquele maluco ali não parece que tá brincando não". Eu não o tranquilizei. Fui sincero: "E ele não tá mesmo, Raul. Foge dele". Eu também fui atropelado por causa dele. Um dia a gente tava brincando em frente ao Centro Cultural. Eu dei um bico na bunda dele. Ele correu atrás de mim e eu corri pra rua. Nosso amigo Fábio por sorte vinha dirigindo devagar, mas mesmo assim me atropelou (fiquei andando torto um mês). O engraçado foi que a polícia apareceu e um dos policiais tentava me convencer a processar o Fábio. Ele dizia: "Você pode ganhar um bom dinheiro se processar esse cara que te atropelou". Eu respondia que o cara era meu amigo e não tinha tido culpa. Mas o Everton que na época interpretava o "Demônio" na peça "Postcards de Atacama" entrou no meio dos policiais e gritou: "VOCÊS SABEM QUEM SOU EU? EU SOU O DEMÔÔÔNIO!" Por sorte os policiais perceberam que estavam diante de um bando de malucos e resolveram deixar pra lá. Teve outra vez que o Everton e o Leonardo tavam cheirando no orelhão. A ideia era que enquanto um cheirava o outro vigiava pra ver se não vinha ninguém. O Everton cheirou e foi pra esquina vigiar enquanto o Léo cheirava. Acontece que o Everton era míope e não percebeu o camburão parando. Os caras desceram e já foram enchendo o Léo de tapão. E o Everton lá parado vigiando, nem percebeu a chegada do camburão e enquanto o Leonardo tava apanhando, ele continuava compenetrado vigiando pra ver se não vinha ninguém. Aí o Léo gritou: "PORRA, EVERTON, ERA PRA VOCÊ VI-

GIAR SE VINHA ALGUÉM". Aí o Everton vendo a cagada que tinha feito tentava conversar com os policiais: "Vocês sabem quem eu sou? Eu sou um ATOR". O Sargento então lhe deu uma porrada na cabeça e gritou na cara dele: "VOCÊ É UM PÉSSIMO ATOR". Mas depois os policiais ficaram com pena e liberaram os dois. Eles eram o terror do nosso amigo Edvaldo Santana. Sempre que o Edvaldo fazia um show no Centro Cultural os dois colavam nele no bar da frente. Um de cada lado e começavam a encher o saco do Edvaldo: "Pô, Gordinho, tá cantando mais ou menos, hein? Mas tem que melhorar o repertório! Que merda é aquela que você cantou hoje?" O Edvaldo olhava pra gente desesperado. A gente dava de ombros. Não havia nada o que fazer. Também lembro de uma vez que a gente tava na Rádio Vitrola de São Caetano e o Kleber Albuquerque ia dar uma entrevista lá. O Everton tocou o terror. Primeiro ele criou um jingle com o Negão, que era em cima de "Macho Man" do Village People. Os dois infernizaram cantando no microfone da rádio: "Mate o Mário Man". Era insuportável. Fizeram isso por mais de 20 minutos enlouquecendo os ouvintes da rádio. Aí quando o Everton viu o Kleber, falou pra ele assim: "Ei, cara, você é bonitinho, hein? Parece o Fábio Jr." Eu olhei pro Kleber e falei: "Se você achar que ele passou da medida, avisa a gente". Mas o Kleber é muito gente boa e levou na brincadeira. Então o Everton encanou com um cara que trabalhava na Rádio. Era um sujeito enorme, do tipo que puxa ferro. O Everton quebrou umas garrafas de cerveja e o cara pegou uma vassoura e tava tentando limpar. O Everton ficava atrás do cara falando: "Pô, cara, você é fortão, hein? Onde é que você faz academia? Me dá o endereço". E ficava pegando no braço dele. Ele era muito rabudo. Até hoje eu não entendo como ele não apanhava todo dia. Quando a gente teve que abandonar o apartamento da Major Diogo, o Everton foi morar um tempo com uma namorada dele e depois quando terminou com ela passou a morar sozinho. A gente ainda fez algumas peças juntos. A última foi "Efeito Urtigão" que eu escrevi pra ele. Por isso o personagem se chama Emerson. Aí teve uma noite entre o Natal e o Ano novo que ele ligou pra mim. Eu tava sozinho em casa. A Fernanda que era casada comigo na época, tava na casa dos pais em Rio Preto. Ele apareceu em casa com um pacote de latinhas de cerveja e começou a conversar comigo como ele sempre fazia. Eu gostava de ouvir as histórias dele. Então ele me contou que tava vindo de Campinas depois de um tempo lá morando com uma garota. Eu perguntei o que tinha acontecido e ele me contou: "Ela me mandou embora. Ela é louca. É universitária e tem essa mania de ser politicamente correta. Tinha uma porrada de amigos imbecis. Eu não os suportava. Um dia eu joguei uma latinha de cerveja pela janela e ela ficou me enchendo o saco dizendo que eu não podia fazer isso e o caralho. Então eu disse pra ela: Quando você quiser ensinar algo pro mundo, me deixa por último. Aí teve um dia que ela cansou de mim e disse: Olha, Everton, eu não aguento mais você. Tá sempre me tratando mal, ofende meus amigos, bebe o dia inteiro e só reclama. Eu quero que você vá embora. Eu disse pra ela: Mas pra onde eu vou? Não tenho pra onde ir. Ela falou: Se vira. Vai pra onde você quiser. Eu vou pra aula e quando eu voltar, não quero mais te encontrar aqui. Então ela foi. Quando ela voltou, eu tava sentado no sofá assistindo televisão e bebendo cerveja. Ela falou: Eu não falei que não queria mais ver você aqui? Eu retruquei: Eu disse que não tenho pra onde ir. Ela então foi drástica: Se você não for embora, eu vou chamar a polícia. Falei calmamente: Chama. Pode chamar. Pelo menos eles me prendem e eu vou ter onde ficar, onde dormir, onde comer. Ela ficou impaciente e mandou essa: E se eu te der um dinheiro, Everton? Aí você vai embora? Refleti um pouco e falei: Aí pode ser. Então ela tirou um talão de cheque da bolsa. Fui categórico: CHEQUE EU NÃO ACEITO! Você acredita que ela teve a manha de sair em pleno sábado à noite pra trocar o cheque? Ela me deu o dinheiro, eu comprei a passagem, as cervejas e vim beber com você." Mas aí ele foi ficando bêbado e como sempre à dada hora, começava a ficar agressivo. Eu já tava acostumado. Ele dizia de cinco em cinco minutos: "Marião, você não é NADA. Eu acabo com você. Eu fulmino você. Você não significa NADA. Eu piso em você. Pulverizo você. Esmago você". Eu pacientemente concordava com ele. Mas depois de quinze vezes que ele repetiu esse mantra, acabei perdendo um pouco a paciência, levantei do sofá, o encarei e blefei: "Everton, eu vou te dar uma porrada". É claro que eu jamais faria isso. Foi só pra ele parar com aquela merda. Mas ele ficou profundamente magoado comigo. Se levantou, foi até a geladeira, pegou as cervejas que restavam, colocou no saquinho de supermercado e foi saindo consternado. Parou na porta e disse: "Só volto aqui no próximo ano". Eu não podia perder a deixa e falei: "Não se apresse. O próximo ano começa em dois dias". Então ele foi embora e nunca mais falou comigo. Depois de um tempo aconteceu uma merda com ele. Um nóia o esfaqueou ali perto da Praça da República segundo me contaram e ele teve que voltar pra Londrina, pra casa dos pais. De vez em quando o Márcio Américo e outros amigos me dão notícias dele. Parece que ele tá morando em Londrina e continua o mesmo, ainda bem. E se recuperou da merda que aconteceu com ele. Ele também escreve muito bem. O livro dele "Rush na Madrugada" conta algumas histórias que ele viveu na noite paulistana enquanto morava em pensões baratas e andava entre a rapaziada da baixa São Paulo. Narrativa blue pra caralho, e além de tudo, muito engraçada. É um grande cara e eu sinto muito que a gente não se fale mais. Eu continuo o considerando um grande amigo e jamais vou mudar de opinião. Comigo ele sempre foi muito justo e um dos caras mais honestos e íntegros que conheci. Era incapaz de trair ou deixar qualquer amigo na mão. O que aconteceu entre a gente foi um desentendimento numa noite de álcool e loucura. Talvez um dia a gente volte a conversar. Ou não. Mas isso não vai mudar em nada o que penso sobre ele. Pra mim, ele sempre vai ser um grande amigo e o maior ator que já vi em cena. Além de ter uma personalidade única. Grande Cara. E como diria Raul Seixas, um dos ídolos dele: "E fim de papo".

VALDELINO
LAURINDO

NINGUÉM MERECE a alcunha de "O Cara" mais do que ele. O primeiro festival que ele nos acompanhou foi o de Presidente Prudente de 85. A gente falou pra ele numas de zoação: "Aqui em festival de teatro, o negócio é o seguinte, Valdelino, tem que comer mulher. Tem que pegar e comer, se você não fizer isso, você vai pagar de viadinho. As mulheres tão a fim. Se o cara não quiser, é porque não gosta". Ele ficou sério e preocupado. Aí a gente foi dar uma entrevista numa rádio local sobre a nossa peça. Fui lá e falei aquele monte de bobagens que falo até hoje e tinha lá umas groupizinhas de artistas que sempre ficavam de tocaia esperando aparecer alguém famoso. Acho que elas pensaram que a gente também era, tanto que se engraçaram com os vagabundos. Em menos de cinco minutos eu tava atracado com uma garota embaixo da escada no final do corredor do estúdio da rádio. O Roberto já tava com outra e o Reinaldo (irmão do Roberto) também. O Valdelino ficou olhando tenso. Tinha uma outra garotinha lá. Os dois não sabiam muito bem o que fazer. Então a garota comunicou que ia ao correio. O Valdelino se prontificou a ir com ela. A garota foi, mandou a carta e disse que ia embora. O Valdelino então falou: "Como assim? Você não pode ir. A gente nem transou ainda". Nesse mesmo festival, a gente dormia num alojamento de ginásio de esportes. Uma noite tava rolando vinho pra caramba, todo mundo bêbado e fumando maconha. Tinha uma loirinha de Sorocaba que até tava numas de ficar comigo, mas eu geralmente sou um puta mané. O Reinaldo percebeu as intenções da garota para com o babaca aqui. Eu tava tocando alguns blues no violão e bebendo muito vinho e a loirinha do meu lado na mó paciência. Quando eu acabava um blues, o Reinaldo falava pra mim: "Marião, tá bom pra caralho, toca outro". E o idiota aqui ficava todo entusiasmado e tocava mais um. Os blues e o vinho sempre acabaram comigo. A Loirinha foi perdendo a paciência e foi se cansando de esperar. Essa era a intenção do Reinaldo. Algumas horas e muitos blues e muitos copos de vinho depois, olhei pro lado e a Loirinha tinha desaparecido. Foi quando percebi que o Reinaldo já tinha levado ela pra um dos beliches e todo mundo já tava arranjado no alojamento. Guardei o violão e fui pro meu beliche desconsolado, mas não conseguia dormir porque o Valdelino passava pelo meu beliche, me acordava e dizia: "Olha lá, Marião, o Roberto tá com uma garota lá no fundo" Eu respondia: "Eu sei, Valdelino, eu sei, caramba" Cinco minutos depois, ele me chamava e dizia: "Marião, você viu que o Reinaldo pegou aquela Loirinha que você tava a fim?" Eu tava era a fim de dar uma porrada nele. Respondia: "Mais do que ninguém eu sei,

Valdelino, vai dormir, porra". E foi assim a madrugada inteira. Pelo menos fui informado das aventuras eróticas de todos os meus amigos ao longo da madrugada, tipo um plantão de más novas da putaria. Quando a gente foi morar na República do Zerão, o Valdelino trabalhava num supermercado. A gente não tinha dinheiro pra comer. O nosso menu diário consistia em arroz com vinagre e alguns abacates que uma amiga que tinha um pé na casa dela trazia pra gente. Mas pelo menos uma vez a cada quinze dias a gente comia bem. É que o Valdelino fez um acordo com o motorista que fazia entregas pro supermercado. Ele preparava duas caixas de mantimentos e desviava, evidentemente, uma era pro motorista, a outra ele pedia pra entregar lá em casa. Na nossa caixa não havia itens de primeira necessidade, se é que vocês me entendem. O que tinha lá dentro eram uns bons bifes, queijo de primeira e três garrafas de vinho. No primeiro dia que o motorista entregou a caixa em casa, foi uma festa. Nessa época, só morava o Roberto e eu lá em casa. A gente tratou de jogar uns bifes na frigideira e começou a comer queijo. Lá em casa não tinha sequer saca-rolhas. É que o vinho que a gente bebia na época era tão vagabundo que era de tampinha. Então quando chegou aquele vinho fino, com rolha e tudo, a gente não tinha com o que abrir. Então empurramos as rolhas pra dentro e matamos as três garrafas. Ficamos bem bêbados, dada a euforia do momento. Lembro que eu comecei a escrever na minha velha Olivetti um texto que eu achava que seria antológico. Ficava escrevendo ininterruptamente e lendo em voz alta enquanto escrevia. O Roberto ficava bebendo e cagando de rir. Tenho até hoje esse texto que é uma merda total. No final a gente capotou de bebum. Quando chegou a noite e o Valdelino saiu do mercado, foi lá pra casa beber o vinho e comer carne com a gente. Ele chegou trazendo um saca-rolhas que brandia pra nós com uma alegria incomensurável. Eu disse pra ele ainda semibêbado: "Valdelino, esquece isso. A gente já bebeu todo o vinho". Ele falava: "Como assim? Eu vim beber com vocês". Eu disse: "Pois é, não vai ser possível, mas valeu, hein? Escrevi um texto genial e devo isso a você. Nunca vou esquecer. Vamos sair pra rua e beber mais". Então saí com ele e a gente tomou algumas cachaças que era o que dava pra beber com o dinheiro dele. Eu não tinha nenhum. Fiquei muito bêbado de novo. Passando em frente ao Cemitério São Pedro, arranquei o meu chinelo e comecei a matar baratas. Eu arremessava o chinelo no muro e as baratas caíam. Lembro da marca do vinho que a gente bebeu por causa do Barkai idiota que escrevi nessa noite. Era assim: "Bernard Taillan. Bebo três litros de você. E saio matando baratas nos muros da cidade". Passando em frente a uma casa, roubei um desses cestos grandes de roupas e enfiei na minha cabeça. Ninguém podia me reconhecer por causa do cesto na cabeça, mas eu podia ver todo mundo pelas frestas do cesto. Eu entrava nos bares com aquele cesto na cabeça e falava pro Valdelino: "Ei, Valdelino, o que é que tá acontecendo comigo hoje? Acho que eu tô mesmo especial. As garotas tão todas olhando pra mim". O Valdelino ria pra caralho. Já havia se esquecido da sacanagem que a gente tinha aprontado bebendo todo o vinho e comendo toda a carne não deixando nada pra ele. Teve uma vez que tinham umas garotas lá em casa e o Valdelino encanou com uma delas. Eu já tava namorando a Rosi na época e fui pro quarto com ela. O Roberto dormia num quarto e eu no outro. Cada um de nós foi pra um quarto e o Valdelino ficou na sala com a garota que ele tava a fim. A garota parecia relutante em ficar com ele, mas ele tava muito na disposição, apesar de estar terrivelmente breaco. Então ficava ouvindo do quarto as tentativas dele lá na sala e rindo muito. Depois de um tempo, ficou um completo silêncio. Fiquei cabreiro com aquilo. Então levantei e fui até a sala tomando o maior cuidado pra não ser indiscreto e não interromper o que pudesse estar acontecendo. Quando chego na sala, vejo a Garota sentada no chão com cara de poucos amigos e o Valdelino dormindo profundamente. Então a menina olha pra mim e fala: "Pô, Marião, esse seu amigo, hein? Além de ser o maior tarado, ainda é broxa". Algum tempo depois, o Valdelino arrumou uma namoradinha. Ele não tinha lugar pra ficar com ela e sempre pedia pra levar ela lá pra casa. A gente concordou, é claro. O Valdelino era um grande amigo. Então a gente ficava nos quartos e ele sempre na sala com a namorada. O que acontece é que essa namorada do Valdelino tinha uma mania esquisita. Ela ficava gargalhando enquanto gozava. Era só ela começar a gozar e começava o festival de gargalhadas. Ela se acabava de rir. E ria muito alto. A gente ficava nos quartos só esperando a menina começar a rir. Era só ela começar e a gente pensava: "É isso aí, Valdelino, mostra pra ela". Teve uma noite que a gente tava na rua e o Valdelino apareceu com a namorada. Ele então disse que tava querendo ficar com ela. Eu não ia voltar tão cedo pra casa e o Roberto também

83

não. Então a gente deu as chaves de casa pro Valdelino entrar e ficar com ela. Mais tarde voltamos pra casa. Quando a gente tava chegando, o Valdelino tava saindo abraçado com ela, feliz da vida. Devolveu as chaves pra gente e foi embora cantarolando. Eu sequer tinha uma cama, só tinha um colchão no chão e uma máquina de escrever sobre uma cadeira. O quarto do Roberto era mais equipado. Tinha até uma cama. Então quando o Roberto entrou no quarto dele, percebeu que o Valdelino havia usado a sua cama para fins sexuais. Então gritou pra mim: "Porra, Marião, o Valdelino trepou na minha cama. Que filho da puta". Tinha um bilhete em cima de uma cadeira. Peguei e li. Então falei pro Roberto: "Acho que ele não fez só isso. Vem cá, você tinha um litro de vinho?" Ele respondeu irritado: "Tinha? Eu tenho. É um vinho ótimo. Tô guardando pra uma ocasião especial". Respondi: "Não tá mais. Lê aqui". O Roberto pegou, leu e começou a vociferar imediatamente. No bilhete tava escrito: "Robertão, você é um grande amigo. Brigado pelo vinho e pela cama". Esse era o Cara. Há muito tempo não o vejo. Depois que a gente se mudou da república, o Valdelino arrumou um outro emprego e tentou levar uma vida normal. Ouvi dizer até que tinha casado. Eu espero que ele esteja bem. Foi um grande amigo numa fase de nossas vidas. Na verdade pra mim ainda é. Há alguns amigos que apenas tiram férias uns dos outros. Quando se encontram anos depois, a impressão é que eles estão separados apenas por um breve período de ressaca. Acho que vai ser assim quando eu encontrar o Valdelino de novo. Um dos sujeitos mais puros e sinceros que conheci. Uma espécie de anjo bêbado sempre camarada e disposto a ajudar e a ser leal com os amigos. Tem gente que tá sempre olhando pro lado errado da estrada. E tem outros que só tem mesmo um caminho. Então é fácil saber onde encontrá-los. Do lado bom. É lá que o Valdelino está. Com certeza. Hoje e sempre.

MEU AMIGO
PAULO

para Paulo de Tharso

Meu amigo, hoje você ficou em silêncio. Você não é disso, né? Todo mundo sabe o quanto você gosta de falar, emendando um assunto no outro, com toda a erudição que você tem, empregando expressões em francês, citando poetas e escritores e sendo sempre tão engraçado o tempo inteiro. E hoje eu entrei lá no teatro e vi você deitado em silêncio. E você não me falou nada. E eu achei muito esquisito. Te colocaram um terno e gravata, né? É claro que você deve ter odiado. É claro que você queria uma camiseta do Alice Cooper. Eu tentei falar pra eles, mas já era tarde demais. Pelo menos não colocaram algodão no seu nariz. Mas uns óculos escuros até que ficaria maneiro. E tenho certeza que você ia gostar. E nós ficamos lá fora alternando a imensa tristeza com as lembranças engraçadas das situações absurdas em que você se metia. Era impossível não rir ao lembrar das histórias que vivemos juntos. Todos tinham alguma história engraçada pra contar. Lá pelo meio da madrugada, pedi pro Eldo ficar cuidando do teatro e fui até o camarim. Me sentei na poltrona e dormi, fatigado que estava. Quando acordei, lembrei que você estava lá do outro lado da parede, ainda em silêncio, esperando que a gente levasse você dali. Quando cheguei no Gethsemani, aprovei o lugar. Fazia jus ao nome. Parecia mesmo um imenso jardim e dava pra sentar na grama e ficar conversando. Me pareceu que era um lugar legal pra ouvir você falar de Leo Ferre. Quando o Joca autorizou que baixasse o caixão, muitos amigos ainda não tinham conseguido chegar. Eu fiquei olhando eles colocarem aquelas placas de cimento sobre o seu caixão e fiquei pensando que podiam deixar umas frestas pra você respirar e ter umas caixas de som nas paredes pra você ficar ouvindo Chico Buarque "olha o malandro na praça outra vez". Mas até aí estava achando tudo normal. O que me deixou muito mal mesmo foi quando começaram a jogar a terra por cima. Achei cruel demais. Fiquei imaginando que eles deviam simplesmente colocar um tapete de grama artificial por cima. Aquele volume exagerado de terra me pareceu agressivo demais. E então eu fiz o sinal da cruz e nós (os poucos amigos que chegaram a tempo) nos despedimos de você. Quando estávamos indo embora ainda encontramos o Kitagawa chegando esbaforido – o Kita sempre chega atrasado – não seria diferente no seu enterro e tenho certeza que é algo que você vai jogar na cara dele assim que se reencontrarem. Então fomos todos pro Planeta´s almoçar e beber vinho e relembrar as histórias que vivemos com você. Todo mundo tinha uma história engraçada pra contar. E eu fui ficando bêbado como há muito eu não ficava. Sempre defendo a ideia que não importa a quantidade de álcool que a gente beba. O que importa é o estado emocional que estamos quando bebemos. E fui embora pra casa, realmente bêbado e dormi por horas como há muito tempo eu não dormia. Quando acordei de madrugada, liguei a TV e fiquei assistindo um especial com Paul McCartney. Ele tocava todos os instrumentos enquanto contava histórias para a pequena e privilegiada plateia alternando antigos sucessos dos Beatles com novas canções. Imaginei que um show assim com você também seria perfeito. Você também cantava tão bem e tocava vários instrumentos e acima de tudo também tinha muitas histórias pra contar. Eu ainda tô tentando assimilar o que aconteceu desde o momento em que entrei no seu quarto e te vi caído no chão. Teve aquela falta de ar e a sensação de completa impotência. Ainda me sinto assim. O que me deixa mais confortado é que eu sei que a essa hora você já deve ter feito amizade com meia dúzia de anjos bêbados e deve estar obrigando os pobres coitados a assistirem "Danton" pelo vigésima quinta vez. O que me deixa mais confortado é saber que você já deve ter trombado com todos os meus amigos que já caíram fora (Cesana, Reinaldão, Clovão, Igor) e eles já devem ter te colocado a par de todas as regras que você deve quebrar no seu novo lar e como fazer pra infernizar o ambiente. Eu sei que nesse momento você deve ter chegado pro seu homônimo, o Saulo de Tharso e falado pra ele confidencialmente: "Saulo, vou te falar uma coisa muito importante e que você deve saber. O Mário me odeia!!" Afinal por aqui, todos nós estamos muito tristes. Mas eu tenho certeza que o céu deve estar muito mais divertido.

CARTA ABERTA PRO MEU AMIGO FAUZI ARAP

Meu amigo e Mestre,

Fiquei pensando numa maneira de me comunicar com você diante da sua reluta em nos receber. Reluta essa que eu considero perfeitamente compreensível e coerente pra quem te conhece como eu acho que conheço um pouco. Então eu quis te escrever só pra te dizer da sua importância na minha vida. Eu não sou muito de falar, nem de ficar demonstrando sentimentos explicitamente (e sei que já perdi tanta coisa boa por isso) e tenho certeza que você percebeu isso no momento em que me conheceu lá em Rio Preto há mais de 20 anos e isso deve ter se confirmado quando você leu meu mapa astral. Eu só queria te dizer que me sinto imensamente honrado por ter te conhecido, por você me deixar ser seu amigo e por ter trabalhado com você. Eu nunca aprendi tanto com alguém. Sempre que me pego dirigindo um ator a primeira coisa que penso é "como será que o Fauzi iria conduzir essa cena? O que ele diria para esse ator?" Eu queria te dizer que me arrependo muito (e sei que você sabe) por ter, de certa maneira, traído sua confiança em "Santidade" quando saí da partitura da direção tentando buscar alguma coisa que eu nem sabia o que era. Fiquei anos amargando isso e fiquei imensamente feliz quando você aceitou me dirigir novamente em "Kerouac". Nunca mudei uma respiração dessa peça, nada do que a gente combinou, e é por isso que as pessoas gostam tanto como gostavam de "Santidade" no inicio. Eu estraguei um pouco no final, por conta da minha natureza pretensamente rebelde. Eu precisava falar isso. Tem todo o resto que eu nunca vou esquecer, a maneira como você me acolheu em São Paulo e me ajudou comprando meus livros pra presentear os seus amigos, por ter pago aquela consulta quando eu tava com dor de ouvido. Entenda que parece que eu tô falando de coisas materiais, mas não tem nada a ver com isso. É pelo gesto, sempre foi pelo gesto, assim como todas as nossas jantas no Planeta´s, nossas longas conversas, onde não me interessava falar muito, porque eu só queria ouvir. Sempre me interessou ouvir você. E agora quando você se lembrou de mim num momento tão delicado, caramba, eu fiquei mesmo muito emocionado, porque eu me senti importante de novo pra alguém que sempre foi tão importante pra mim. Tudo o que você me deu, tudo o que eu aprendi com você não tem como te pagar. E eu sei que você não quer pagamento nenhum. Talvez nem aprove eu te escrever essa carta, mas eu precisava. Eu sempre evitava te visitar porque não queria ficar enchendo o seu saco. Sempre tentei respeitar o seu comportamento que pra muitos podia parecer estranho, mas que pra mim, era perfeitamente natural. Pessoas especiais não se comportam de maneira simples. Pessoas especiais costumam ser naturalmente avessas. Eu até me acho um pouquinho especial por conta dessa minha natureza avessa e eu sei o quanto você é especial. Eu me senti muito especial no dia que você, lá em Rio Preto, propôs pro nosso grupo aquele work shop onde você praticamente reinventou o final da peça. Eu me senti especial todas as vezes que você aparecia nos nossos ensaios só pra dar algumas dicas. Eu sempre lembro do Ademar Guerra dizendo pra gente lá em Rio Preto assim que soube que você ia dar um work shop pra gente: "Vocês não fazem ideia do que estão ganhando". Eu não fazia mesmo. Mas percebi isso assim que a gente começou a trabalhar. Eu sei tudo o que eu ganhei depois que conheci você. Eu não sou apenas um ator e profissional melhor. Eu sei que eu sou uma pessoa melhor. E eu devo isso a você. E queria muito que você soubesse disso, quer dizer, tenho certeza que você já sabia, mas eu precisava confirmar. Então na verdade essa é uma carta de agradecimento, por você ter entrado na minha vida e ter transformado esse sujeito imperfeito em alguém com um mínimo de discernimento e expectativa por uma vida melhor e mais digna e mais honrada. Porque depois de ter conhecido e convivido com você, é minha obrigação ser alguém melhor, alguém que os meus amigos e minha filha possam ter algum orgulho. Eu sempre penso nisso. "Dignidade" é uma palavra que te resume, Fauzi. Nunca conheci e tenho certeza que não vou conhecer alguém mais digno que você. Queria que você soubesse (repito, tenho certeza que você já sabe, mas faço questão de deixar registrado) o quanto sou grato e o quanto sou orgulhoso de você ter me considerado seu amigo. Eu nunca mereci.

É isso. Estava sem palavras quando comecei a escrever essa carta e continuo sem palavras agora. Ainda queria escrever tanto, mas não me sinto capaz. Espero que você me perdoe mais uma vez.

Vou tentar fazer por merecer tudo o que eu ganhei de você desde o dia que te conheci no Festival de Rio Preto e você me perguntou: "Que signo você é?" E eu te respondi: "Libra". Então você falou: "Não pode ser. E qual é o ascendente?" Eu respondi: "Touro" e aí você arrematou: "Ah, bom, tá explicado".

Eu continuo tentando entender. Talvez um dia eu simplesmente pare e sussurre pra mim mesmo: "Tá explicado". Espero conseguir.

Do seu relapso amigo e discípulo devotado

Mário Bortolotto

O CARA QUE
SEMPRE PESAVA

para o Flavio

ELE ERA UM cara difícil.
Saía da linha constantemente. Alguns caras costumam sair da linha, constantemente. Ele era um deles. Testemunhei vários amigos perdendo a paciência com ele. E não os culpo. Ele provocava. Ele importunava. Ele excedia. Ele passava da conta. Mas qual é mesmo a medida? Alguém sabe? A gente sempre soube que qualquer hora dessas alguém não ia entender. Depois de um tempo tentando evitá-lo (era praticamente impossível), passei a entender o cara e em pouco tempo passei a gostar muito dele. Mesmo quando ele passava da conta, quando importunava, quando excedia. Lembro dele indo assistir uma de nossas peças no nosso teatro em 2003 e inacreditavelmente se comportando. Por incrível que pareça, nem notei que ele estava lá. Só quando ele veio falar comigo no final do espetáculo. Lembro dele assistindo nossos shows e

todas as nossas peças no Centro Cultural. Eu sempre pagava cachaça pra ele. Entrava no bar, comprava e dava a cachaça pra ele na calçada. Os donos dos bares não gostavam da presença dele. Os frequentadores ficavam aterrorizados. E eu não culpo os frequentadores. Ele aterrorizava mesmo. Às vezes ele tinha a grana pra cachaça, mas os caras não vendiam pra ele. Então ele me dava o dinheiro e pedia pra eu comprar pra ele. Por baixo de toda a loucura, era um sujeito incrivelmente articulado e com um texto próprio. E era um cara doce e sensível. Confesso que vacilei. Prometi que ia levar a câmera e deixar ele contar sua história daquele jeito maluco que ele falava (o Selingardi imita direitinho). Eu não cumpri a promessa. E ele sempre me interpelava: "E aí, Mário? Quando é que você vai trazer a câmera?" Eu vacilei. Lembro que chegava no Centro Cultural e ele inevitavelmente se materializava na minha frente: "Como que é, Mário? Satisfação. Cê sabe que nós é louco, né? Os otário não percebe que nós é louco. Deixa eles". Ele guardava os carros na frente do Centro Cultural. Sempre tava duro e o pouco dinheiro que ganhava era pra indefectível cachaça. Ele me dizia: "Sabe qual é o segredo, Mário? Não importunar (logo ele falando isso). É assim mesmo. Eu sou amigo do Fagundes por exemplo, mas não fico enchendo o saco dele, abusando da amizade. No aniversário dele, eu ligo lá, cumprimento, ou no Natal, só em data especial, tá ligado, Louco?" Ele era assim. Lembro que o meu amigo Pedro Guilherme chegou no Centro Cultural com a cabeça quente e com cara de poucos amigos. Ele não titubeou. Chegou pro Pedro e soltou na lata: "Qual que é, Mano? Tá apreensivo?"

Pedro não querendo conversa respondeu: "Não tô não, cara, tá tudo certo". Ele não era de se intimidar: "Não tá não, cê tá apreensivo, Louco. Tô vendo na sua cara" E mandou mais 5 minutos de aluguel pra cima do Pedrão que cansado e se dando por vencido, esboçou um leve sorriso. Ele então, satisfeito, mandou essa: "Tá vendo só, Louco? Tirei o apreensivo de dentro do seu coração". O nome dele era Flávio. Ele guardava carros na frente do Centro Cultural. Ele era excessivo. Ele era impertinente. Ele colava na banca. Ele pesava. Ele era folgado pra caralho. Muita gente não gostava dele. E eu entendo. Ele não era fácil. Eu gostava muito dele. Muito mesmo. O Flávio era de uma verdade assustadora. E verdade é um troço que assusta. Eu entendo. Da última vez que nos encontramos, Flávio fez questão de me pagar uma dose de whisky. Eu não podia recusar. Ele ia ficar ofendido. Sei como são os caras do naipe do Flávio. Eles ficam muito ofendidos. Eu aceitei. Ninguém mais vai encontrar o Flávio na frente do Centro Cultural. Ele não vai mais pedir pra eu comprar cachaça pra ele. E ele não vai mais tirar "o apreensivo" do coração de ninguém. Há alguns anos, alguém (ou alguns – ninguém sabe e ninguém vai procurar saber – o Flávio não tem importância nenhuma – pra maioria das pessoas ele era só um bêbado inoportuno) não suportou o Flávio. Bateram muito nele e quebraram seu pescoço. Eu só fiquei sabendo por que Deus (Jordão) me contou. Não saiu no jornal. Talvez ninguém tenha chorado a morte dele. Hoje eu me lembrei dele. E todas as vezes que atravessar a Rua Vergueiro, na frente do Centro Cultural e conseguir encostar no balcão do bar sem ninguém me interpelar, vou lembrar do Flávio, pesando na minha: "E aí, Máriooo? Cê sabe que nós é louco, né? Falei pra todo mundo aqui. Tem que ver a peça do Mário. É doidera. Peça do Mário é doidera. Tem que ver. Cê tá ligado que nós é louco, né Mário? Deixa os otário. Deixa os otário". Fica com Deus, Flávio. Espero que tenha um bar bacana aí em cima e os caras deixem você comprar sua própria cachaça. Quando eu chegar por aí, eu compro pra você, mas tô ligado que você não vai mais precisar. Deixa "os otário".

PAULINHO DA
AUDIO DISCOS

ELE ADOTOU os perdidos da cidade. A gente chegava lá e ele começava a mostrar os discos raros que só ele tinha. A rapaziada hoje talvez não entenda o que é isso. Afinal com toda a facilidade que há pra baixar discos inteiros, fica difícil entender a importância que o Paulinho teve pra gente. Era uma época que ainda não existiam sequer os CDs. E a maioria dos LPs que apareciam eram importados, isto é, totalmente fora do nosso alcance. Foi ele que me mostrou o primeiro Freddie King (tô ouvindo um Freddie King agora em homenagem a ele), o primeiro Leon Russell, o primeiro Rory Gallagher, o primeiro Roy Buchanan. E ele gravava fitas cassete pra gente. E nós íamos felizes pra casa e ficávamos ouvindo várias vezes e virando a fita e ouvindo de novo. Aquela pequena lojinha no centro da cidade foi a faculdade musical de uma legião de garotos perdidos de Londrina no final dos 70 e começo dos 80. Era o lugar onde eu mais gostava de ir na cidade. E o Paulinho sempre foi de uma elegância e generosidade absurdas. O tipo de sujeito que entrou em extinção. Ele já era um dinossauro no final dos 70, um deslocado natural. Eu ainda não sei qual foi a causa de sua morte. Eu sei que ele bebia, muito. Eu sempre o encontrava nos piores botecos da cidade totalmente travado. Mas mesmo totalmente embriagado, ele abria um sorriso e vinha conversar com a gente sobre música que era o seu assunto preferido. E contava histórias sobre as grandes bandas e eu ficava ouvindo e aprendendo. Depois que saí de Londrina tive poucas notícias dele. Sei que ele teve que fechar a sua loja e foi trabalhar de funcionário na loja de outro cara. Devia ser um suplício pra ele com todo o conhecimento que tinha, ter que ficar vendendo disco de axé e sertanejo na loja de outro cara. Sempre vou me lembrar do sujeito magricela que assim que me via, já tirava um LP que só ele tinha na sua coleção particular, e me dizia: "Ouve essa, Mário, você vai gostar!" E eu ficava ouvindo deslumbrado e pedia pra ele tocar a faixa de novo. E ele tocava e explicava que aquele sujeito só existia porque houve outro antes dele e outro antes desse outro. E assim eu ia entendendo um pouco mais sobre música e sobre vida, porque eu acho que essa é a gênese de todos aqueles que insistem em ir além do quintal ou do bairro de sua infância e marcar o seu lugar no mundo. Eu acredito que só é possível ir a partir da sabedoria e generosidade de pessoas como o Paulinho. E eu nem sei o nome completo dele. Pra mim, ele sempre vai ser o Paulinho da Áudio Discos. O nosso grande amigo e "professor" Paulinho. Esse definitivamente foi um ano amargo e muito triste. E o pior é que ainda não acabou.

PORQUE EU BEBO

Ontem na mesa do bar – alguns amigos bebendo, como sempre:
 Amigo: Eu tenho um filme que se chama "Anal Explicito".
 Eu: Caramba, o título diz tudo. Eles não querem deixar dúvidas.
 Amigo: São seis horas seguidas só de sexo anal. Eu posso trazer pra vocês assistirem.
 Eu: Não se dê ao trabalho. Pelo título já deu pra ter uma noção do que se trata.

* * *

Eu: E aí, Brother? Você voltou com a sua mulher?
 Amigo: Eu voltei.
 Eu: Maneiro. E aí? Você tá feliz?
 Amigo: Eu tô. Ela tá em Miami.

* * *

Amigo: Eu vou pra minha lua de mel.

Eu: Ah, bacana, quando vocês vão?

Amigo: O que você quer dizer com "vocês"?

Eu: Ué, você e a sua mulher.

Amigo: Você é louco? Você acha que eu vou levar a minha mulher pra estragar a minha lua de mel?

* * *

Três poetas no banheiro. Sergio Mello, Ademir Assunção e Fabiano Calixto. Todos poetas respeitáveis, mas já estavam bem bêbados. Os três conversam. Marcos Loureiro também vai ao banheiro. De repente escuta um que fala para um outro: "Você, meu amigo, tem pêlos no coração!" Loureiro sai de lá perturbado: "O negócio tá feio lá no banheiro. Os poetas estão conversando e um deles já disse que o outro tem pêlos no coração". Penso comigo: "Definitivamente poetas são seres estranhos!"

* * *

Lá no balcão estamos conversando. Carca Rah, Jão Moonshine, Gabriel Oliveira, Ademir Muniz e eu. Douglas Kim depois de duas doses de whisky tenta se comunicar de maneira inteligível (quem o conhece, sabe que ele não consegue). Então digo: "Douglas Kim é um gênio! Um gênio incompreendido. Depois de duas doses ninguém consegue compreender o que ele quer dizer". Jão Moonshine arremata: "É verdade. Kim é um gênio incompreensível".

* * *

Um pouco antes de começar a peça, estou sentado no sofá esperando. Guilherme Sugar Junqueira entra com um pacote de cookies.

"Marião, quer comer cookie?"

Respondo: "Porra, Sugar, não vou me sentir a vontade comendo o seu cookie".

* * *

Descobrimos hoje que a primeira coisa que Tarcísio Buenas com toda a sua malemolência baiana diz quando entra em um motel com uma mulher é: "Tem teeempo".

* * *

Guitarrista de rock: Eu tinha muito dinheiro. Não sabia mais onde gastar. Comprei uma moto pra minha ex-mulher.

Eu: Tenho certeza que você tinha as melhores intenções.

* * *

Harry Potter: Sou um rapaz pra casar.

Karina Ka: Pra casar e buscar no bar às 8 da manhã.

(e quando Jordão estava indo embora)

Renatinha: Deus está nos deixando.

Harry Potter: Agora é cada um por si.

* * *

"Eu consegui namorar a única puta feia da Love Story"
(amigo conversando no bar ontem à noite provando que ser looser também é uma questão de conveniência)

* * *

Um amigo meu (muito jovem ainda, aliás) me veio com essa dia desses:
"Marião, eu preciso te confessar uma coisa."
"O que é?"
"Eu já comi muita mulher por sua causa."
"É mesmo?"
"É, por causa das coisas que você escreve. Sempre funciona. Eu sempre falo algum poema seu ou trecho de um texto e depois falo que você é meu amigo. Você não faz ideia."
"Porra, não faço mesmo."
"Só com uma que não funcionou. A mais gostosa de todas."
"Talvez a mais inteligente também, né?"
"Porra nenhuma. A mais burra. Eu dizia pra ela algum poema e ela ficava me olhando aparvalhada com aquela cara de quem não tava entendendo nada. Eu então disse que era seu amigo e ela me perguntou "QUEM???"
"Pô, desculpa aí."
"Tudo certo. Eu acabei comendo. Mas com ela eu precisei dizer 'eu te amo.'"

* * *

Batata: "Minha mãe vinha assistir todas as minhas peças e adorava. Sempre pedia pra vir de novo. Aí ela comprou um aparelho de surdez. Veio assistir uma peça minha. Nunca mais quis vir."

* * *

Um mendigo passou por mim com um colchão nas costas, aí ele estendeu o colchão no chão, deitou, se espreguiçou, sorriu e falou em alto e bom tom com um sorrisão no rosto: "LAR, DOCE LAR!". Não consegui não rir. Seria trágico se ele não fizesse, sarcasticamente, ser cômico.

* * *

Namorada do amigo: Você tá bêbado!
Amigo: Você ainda não me viu bêbado, meu amor!
Namorada do amigo: E nem quero.
Amigo: Então, meu amor, você não me quer!

* * *

Me contaram ontem (não sei se é verdade) que tão organizando uma parada do "Orgulho hétero". Na boa, achei isso a mó viadagem. Pra começar, hétero não desfila. Que merda é essa?

* * *

Conversando com nossa amiga Vivi ela manda essa:
"Musicalmente eu sou muito eclética. Gosto de Nina Simone tanto quanto gosto de Matogrosso e Matias".
Só consegui dizer: "Porra!!!"

* * *

Aí logo depois a gente tava falando do sucesso do Hot Sugar e que ele devia abrir franquias do seu hot dog em vários lugares do mundo. Então perguntei pra Vivi (já que ela tinha um namorado que morou em Xangai) se ela não achava possível abrir um "Hot Sugar" em Xangai e se faria sucesso. Então ela manda essa:

"Acho que sim. Só que em Xangai a salsicha tem que ser menor".

* * *

Hoje conversando com os amigos na Mercearia, a gente comentava como têm aparecido tantos ex. Tem ex-junkie, ex-namorada, ex-esposa, ex-maconheiro, ex-alcoólatra. Até ex-gay já tem, né? Então eu resolvi que também sou ex. Sou ex-jovem. Já há algum tempo.

* * *

Amiga: "Minha avó é bem louca. Ela sempre foi surda. Aí perguntavam pra ela porque ela não comprava um aparelho de surdez. E ela respondia que só ia comprar quando ficasse velha. Ela já tinha 80 anos. Aí quando completou 93, ela finalmente comprou."

* * *

Depois de Rodrigo Sommer afirmar que teve um amigo que criou uma barata durante 6 meses, André Kitagawa mandou essa: "Barata é um bicho du bem!"

* * *

Gabriel Pinheiro em determinado momento da noite falou com conhecimento de causa e eloquência:
"Se o Chico Buarque fosse no 'The Voice' ele ia se fuder".

* * *

Aí a minha amiga chegou séria pro Carca Rah e falou:
"Você não acha que o Pereio está pegando pesado demais? Você que é amigo dele, devia falar com ele. Se você é mesmo amigo dele, então tem que se preocupar pra que ele não morra precocemente".
"COMO ASSIM PRECOCEMENTE? ELE TEM 78 ANOS".
"73. Ele tem 73".
Nós que somos amigos dele, queremos que o Pereio continue entre nós por muitos anos ainda, mas temos que admitir que o "precocemente" foi genial.

* * *

Um amigo: Cara, eu sonhei que o Mick Jagger me cantava, queria ficar comigo.
Eu: Pô, meu. Pesadelo, hein?
Um amigo: Pois é, foi foda. E sabe o que é pior?
Eu: O quê?
Um amigo: Eu fui com ele.

* * *

E um outro amigo abriu a carteira e me mostrou que ainda tem preservativos com a data de validade de 2005. Agora eu entendo quando dizem que brasileiro nunca desiste.

ABORDAGEM ORIGINAL

DIAS ATRÁS reclamei que os pedintes estavam ficando muito previsíveis. Antes eles pediam dinheiro pra comer. Hoje pedem pra cachaça mesmo achando que são originais. Noite dessas um veio falar com a gente na frente do bar com uma abordagem bastante original: "Vocês podiam me conseguir um dinheiro pra eu comprar uma maconha?". Achei engraçado. Era a primeira vez que ouvia essa. E respondi: "Pô, Brother, a gente não tem, sinto muito". Ele então ficou indignado, nos fuzilou com o olhar e mandou essa: "Se fosse pra cachaça, vocês tinham, né? Puta preconceito com os maconheiros". E saiu esbravejando.

O OTIMISMO SEGUNDO MINHA PERSPECTIVA DE VIDA

Tá ruim mas podia ser pior.
   Tá ruim mas pode ser melhor.

AMIGO: "Porra, Marião, eu morro de medo de avião. Sempre acho que aquela porra vai cair. Aí quando entrei no avião e vi que o Péricles tava lá, aí fiquei sossegado."

Eu: "Quem é Péricles?"

Amigo: "É um pagodeiro famoso. Você não conhece?"

Eu: "Não. Mas não tem problema, posso viver sem essa informação. Mas por que você ficou sossegado quando viu o Péricles?"

Amigo: "Você já viu avião com pagodeiro cair?"

SEXY

SEXY PRA MIM costuma ser bem mais do que ver filmes com a Christy Mack (embora eu adore a Christy Mack). Eu tenho uma foto da Sandra Bullock deitada (ela nem tá nua) emoldurada aqui perto da minha mesa de trabalho. É o jeito que ela tá olhando, com uma cara sacana e a língua de fora. Assim como outra da Cristiana Oliveira apenas ameaçando levantar a saia. Ou a Louise Brooks daquele jeito que ela olhava por baixo. Pra mim não há quase nada mais sexy do que a Linda Fiorentino em qualquer filme que ela tenha feito. Ela existir é sexy. Monique Evans quando tinha o cabelo curto e usava brincos argolados grandes. Uma garrafa de Jack Daniels é sexy. Blues é a música mais sexy do mundo seguido de perto pelo soul. Há detalhes que deixam tudo mais sexy. O jeito que uma mulher cruza as pernas, ou como segura o copo de whisky. Livros largados sobre a pia. O jeito que a gata da minha filha molha a pata na água que cai da torneira. Aliás, torneiras e água escorrendo é sexy. Felinos em geral, aliás. Não é a toa que se convencionou chamar mulheres de "gatas". Um bom poema geralmente é sexy. Mulheres saindo do banho com a toalha na cabeça. A P'Gell do Spirit é sexy. A Debbie do Speed Buggy também é. Sofás e travesseiros ou coleções de selos. Ela dormindo com a boca semiaberta e uma mecha de cabelos sobre os olhos.

ANOTAÇÕES PRA QUANDO O TIMONEIRO TIVER DE PORRE

EM PRIMEIRO lugar você deve contabilizar o número de demônios que estão no seu pé. Depois aprender a conviver com eles, chamar pra um drink no final da tarde, pra um papo sobre futebol americano, por exemplo, mesmo que você não entenda nada de futebol americano. Apenas balance a cabeça e dê cabo da sua bebida. Tá tudo certo. Eles vão estar sempre lá. Você seria muito idiota de acreditar que pode simplesmente bater sua porta na cara deles.

Tava conversando com um amigo que me perguntava ironicamente como é que eu consegui ser tão "looser" assim. Expliquei pra ele que aos 16 anos li "O Apanhador no campo de centeio" do Salinger e "O Lobo da Estepe" do Herman Hesse. Quem lê esses livros nessa idade e se deixa socar por eles, está fadado a ter uma vida errada e sem possibilidade de negociação. Terminei dizendo pra ele que todos os dias agradeço a Deus por ter lido esses livros nessa idade.

WHISKY E HAMBÚRGUER

MUITO JÁ SE escreveu sobre o inevitável fim. Alguém andando pela praia ou sentado no pier no fim da tarde vendo barcos que desaparecem no horizonte. No começo você se recusa a acreditar, depois de um tempo é compreensível o andar desajeitado, a falta de sono, os relatórios que você preenche numa tentativa inútil de registrar com fidelidade o tsunami de emoções, o cheiro forte que exala de alguém que preferiu anular sua existência e admitir pra si a atitude passiva dos que se entregam. Na verdade, somos óbvios no sofrimento. Não existe nenhuma originalidade em pessoas que são abandonadas. Elas apenas se abandonam no fim do jogo e rezam pra evitar prorrogações. O fim é apenas um conjunto de notas de rodapé que podem até se transformar em um testemunho emocionante ou, na pior das hipóteses, em uma oração triste de alguém que desistiu de acreditar.

ALL MY FRIENDS

No FILME "Barfly", Henry Chinaski ganha uma grana vendendo um de seus contos. Ele pega o dinheiro, vai até o bar onde vive mendigando uma dose e paga bebida pra todo mundo. Ergue o copo e berra: "All my friends". Lembro de uma noite, quase no fim do show, com o botão do inferno acionado, e com a rapaziada louca com o Rock and roll, o Brum chegou pra mim e falou: "Vamos tocar um blues". Ele sempre faz isso. E a gente tocou a ótima "Amigos de copo" do grande Renato Fernandes: "Além dos meus amigos / de copo e de cruz / tudo o que eu tenho nessa vida / é o meu blues". Eu vi os amigos na plateia e percebi alguns emocionados. Talvez a amizade tenha dessas coisas. Até mais do que o amor, sei lá. Porque o amor sempre implica em cobrança, em sentimento de posse, ciúme e essa porra toda que destrói qualquer possibilidade de sucesso. Por isso que eu acho que o amor é um ônibus lotado e quebrado numa segunda-feira de sol no meio da estrada. Já a amizade é como uma ambulância que simplesmente liga a sirene e os carros abrem caminho pra que ela passe. Às vezes os amigos se desentendem, ficam anos sem conversar um com o outro, ficam magoados. Mas há que se entender a sensibilidade desse bando de filhos da puta que erguem copos no meio da madrugada e se abraçam, e contam seus dissabores e até socam a fuça uns dos outros. E principalmente quando se trata especificamente de "Amigos de Copo". Sim, porque existe uma irmandade maluca nessas pessoas que varam madrugadas falando sem parar. Não é o tipo de irmandade que você vai encontrar no seu local de trabalho, por exemplo. Quem é da noite, sabe o que tô falando. Quando o João Bosco retomou a antiga parceria com Aldir Blanc, ele mandou essa: "No exercício da vida, essas coisas acontecem: você se separa do seu melhor amigo e, de repente, tem que fazer uma caminhada diferente, sozinho. Mas jamais acreditei que isso pudesse ser definitivo. Não que a gente tivesse que voltar a fazer música. Mas nunca me passou pela cabeça que não fôssemos mais tomar uma cerveja juntos. Jamais." Passei toda a madrugada pensando em coisas do tipo. Enquanto os amigos bebiam e falavam, eu tava um pouco alheio, pensando nisso. Em reavaliações. Em amizades. Em envelhecer com serenidade. Pensei em por do sol. Uma praia. Em saber que algumas pessoas devem testemunhar esse por do sol ao seu lado. Não cabe a nós nublar despropositadamente esse futuro que já está tão próximo. Que sejamos nobres o bastante pra isso.

Quando o dia vier, nada vai mudar. Eu vou continuar por aqui, nessa cozinha que agora é minha, com esse whisky que agora é meu, com essa melancolia que sempre foi protagonista da minha existência. Mas eu não tô reclamando. Felicidade é pra quem acorda e toma café da manhã. Eu nem tô encomendando mais pão, né, Verinha? Não preciso saber de mais nada e nem me investigar como uma amiga andou me aconselhando. Ela disse: "Se investiga, Marião, você vai descobrir que todo o problema está em você". Lembro do John Constantine do Peter Milligan dizendo: "Descobrir novas coisas a meu respeito? É a última coisa de que preciso nessa vida". Eu bebo todos os dias. Não tô falando isso com orgulho e não é bravata de bêbado, não. É o que é. Simples assim. As pessoas vão indo embora. Eu fico. Eu sempre fico. Acordo com aquela sensação de um fantasma piscando cúmplice sentado no canto do quarto. E por enquanto ainda há outro dia. E outro.

Eu não nego que tô ficando cada dia mais largado. Não nego que tô ficando cada dia mais imprestável. Não nego que tô ficando cada noite mais desorientado. Não nego que tô ficando cada dia mais sem rumo. Não nego que cada vez mais penso em ir embora. Não nego que perdi minhas referências. Não nego que gosto cada vez mais de ficar sozinho. Não nego que cada dia que passa gosto mais da ideia de não ser desagradável com meus amigos. E eu já me diverti tanto com isso. Não nego que quero saber a hora exata de ir. Apenas reafirmo minha história torta. Apenas sei que não devia nem ter começado algo que eu não sei como terminar. Olho pra trás e só vejo destruição, casas arrombadas e arvores caídas na estrada. Tenho uma visão privilegiada do alto da colina e vejo boas intenções enforcadas e mulheres que gritam "ele não sabe o que faz". Tenho quase certeza que os desvios da estrada vão me levar pra algum lugar que jamais pensei em conhecer. E isso me parece a previsão mais agradável. No momento. Eu ainda sobrevivo com essa ideia.

Eu sou um solitário que sente falta de dividir, sabe como é? Mostrar uma música nova que acabei de ouvir, ler um trecho de um livro que me arrebatou. Falar "eu vi um filme ontem muito foda. Vamos lá ver hoje de novo?". Porque eu quero ver se ela se arrepia no mesmo momento que eu me arrepiei na primeira vez, tá ligado? O sexo é importante (aliás, é fundamental), as brigas são inevitáveis e inclusive deixam o castelo de pé, não sei se vocês já perceberam isso, mas o mais importante mesmo é você acordar no meio da noite com vontade de falar "caralho, tive uma ideia genial pra um texto. Quer dizer, nem é tão genial assim, mas será que você tinha a manha de ouvir?" e andar abraçados na chuva, sem falar porra nenhuma e sentar num banco no final de tarde e imaginar pubs de Paris, cervejas chilenas e motoristas de táxi que demoram pra chegar no nosso destino. É isso que nos fode. Ah, se não fosse isso, seríamos todos muito felizes, sozinhos.

PERCEBENDO OS SINAIS

Tava conversando dia desses sobre relacionamentos. Alguém me perguntou quando é que eu percebo que um relacionamento acabou. Eu respondi que é quando você vai assistir um filme, por exemplo, e não sente falta da pessoa que você ama (?) do seu lado na cadeira do cinema. Quando você ama, sente uma necessidade estranha de dividir os bons momentos com a outra pessoa. Quantas vezes assisti um filme sozinho e gostei tanto que precisei convidar a mulher que eu amava pra assistir comigo de novo? E gostava de ver como ela reagia àquela cena que tinha me emocionado e tal, sabem como é? Queria ver se ela também se emocionava ou se achava determinada cena engraçada. É você estar num show de rock e pensar: "Eu queria que ela estivesse aqui ouvindo essa música comigo". Quando isso não é mais importante, acho que acabou. Simples, né?

Hoje o meu amigo Lucas Mayor foi escrever sobre a peça na página dele e citou Ford Madox Ford "a gente casa pra continuar a conversa". Fiquei pensando que é por aí mesmo. Os meus casamentos e relacionamentos mais intensos começaram com longas e prazerosas conversas. Em um deles, eu vivia conversando com ela, a levei em casa uma porrada de vezes e sempre voltava sozinho. Isso aconteceu várias vezes antes da gente começar alguma coisa. Teve a outra que a gente se conheceu e passou a noite juntos deitados numa cama apenas conversando. Teve a outra que eu levei pro hotel, sentei no chão e ela sentou na cama e eu passei a tarde inteira ouvindo ela falar enquanto os amigos lá fora ficavam imaginando roteiros dignos de um John Stagliano. E teve outra que nós ficamos dois anos conversando antes de acontecer algo. E era sempre muito bom. Não tô dizendo que depois não foi. Mas é que depois veio tudo o que vem a reboque do amor e do comprometimento que não é exatamente o que há de mais saudável num relacionamento, embora eu acredite que também seja o combustível necessário pra quem se aventura nesse mergulho em águas turvas infestadas de tubarões, arraias e monstros dignos de Júlio Verne. É que temos certeza que se conseguirmos sobreviver às inevitáveis cãibras, às correntes marinhas, às águas vivas e barracudas, então conseguiremos chegar à uma praia escondida onde a água é traiçoeiramente azul e o sol brilha entusiasticamente o tempo inteiro. É dessa ilusão e expectativa que sobrevivemos.

DUAS VIDAS

TEM UMA PARTE de mim que queria ficar. Sempre teve uma parte de mim que quis ficar. Mas eu não nego que tinha uma parte que queria ir embora. Tinha uma parte que tava cumprindo tabela. Que se arrastava de bar em bar e que não queria voltar pra casa. Porque não tinha mais nada lá. Então eu entendo guitarristas que tocam baladas à beira do abismo. Entendo sujeitos que entregam os pontos, que blefam porque sabem que vão perder. Tem uma parte de mim que não julga ninguém. Mas tem uma parte de mim que me condena todas as noites quando repouso os olhos numa gravura de Hopper, como se eu não fosse merecedor de tal visão. A verdade é que eu não tava gostando da minha vida e do jeito que eu a conduzia. Não tinha nenhum orgulho do sujeito que eu tinha me transformado. E naquela noite eu só tava procurando um motivo. E ele veio. Quatro caras entraram no bar e armados tocaram o terror. Todo mundo tinha que deitar no chão. Eu tava com uma garrafa de Jack na cabeça, quatro fantasmas suicidas ancorados no meu ombro e meia dúzia de sentenças irrevogáveis que eu mesmo me havia impingido. Então eu não era o cara que ia deitar no chão. O sujeito com a arma na mão não gostou do fato de não ser prontamente obedecido e me desferiu uma violenta coronhada na cabeça. Tem um lugar na minha cabeça que não nasce cabelo nunca mais. Muitos me acusam de ser um puta miolo mole. Outros me acham um tremendo cabeça dura. Depois dessa noite, creio que a segunda acusação faz muito mais sentido. Levei a coronhada, assimilei, levantei e parti pra cima do cara. Foi assim, simples. Então não quero e nem mereço a fama de herói que alguns tentaram me imputar. E nem a fama de irresponsável que outros resolveram me atribuir. Eu simplesmente reagi humanamente e instintivamente a uma agressão. Nada além disso. Levei três tiros e mesmo assim não apaguei. Eu tenho dificuldade pra dormir, deve ser isso. Só durmo fácil em mesa de bar. Em vez dos caras me agredirem, deviam ter me dado logo mais uma dose de Jack. Eu teria capotado na mesa e nada disso teria acontecido. Passei três dias em coma e só quando acordei, foi que percebi que Deus adiou minha passagem. Acho que Ele acha que eu ainda tenho algumas contas a pagar por aqui. E ali na cama do hospital, derrotado, sozinho e olhando pro teto do quarto de madrugada, sem conseguir dormir, percebi que nada é tão importante assim. Tem gente que escreve um livro e acha que fez algo muito importante. Tem gente que faz um gol no final de um campeonato e acha que fez algo muito importante. Tem gente que se elege presidente da república e acha que conseguiu algo muito importante. Eu vou dizer, não há nada muito importante. A vida é só uma vinheta, um haikai perto da eternidade. Então talvez o que valha mesmo no fim das contas são os segundos que você passa apreciando uma gravura do Hopper ou aquela gota de suor que escorre pro umbigo da mulher que você ama. O que vale são os pequenos detalhes. O que vale não é o poema, é o verso que resume todo o poema. O que vale não é a peça de teatro que escrevi. É ficar esperando a peça inteira pra dizer aquela fala. A fala exata, aquela que eu sempre quis dizer, e por isso acabei escrevendo uma peça inteira só pra poder dizer. O que vale ainda é a dose de whisky que eu vou beber sozinho ouvindo Tom Waits. Quando todos já tiverem ido pra um bar mais movimentado onde possam se socializar com mais e mais pessoas porque os nossos semelhantes tem essa estranha necessidade de estarem sempre juntos. Não me dou bem com alcateias ou manadas. No fim, a certeza é de que o cavalo branco vai avançar na pradaria e é providencial que você esteja preparado com um bule de café, algumas canções do John Lee Hooker e meia dúzia de cervejas no isopor. Não espere que ninguém esteja perto de você. No fim, você sabe que vai sozinho. Então é melhor você se acostumar a viver sozinho. Há um vagão vazio no trem de carga que vai te levar. Seu nome está gravado nas paredes. Você só tem que pegar a vida que ainda tem pela mão como se fosse uma criança desamparada e levá-la pra um lugar com mais luminosidade. Se você teve uma vida, é bom que tenha orgulho dela. E se teve duas, a responsabilidade é ainda maior. Já pensou nisso?

SINAIS

Estou com 50 anos. Faço 51 em breve. Desde os 40 eu me sinto muito velho. Mas você percebe os sinais cada vez mais evidentes. Entendam que eu agora tenho um teatro com mais três sócios. Dois deles são bem jovens (para os meus padrões): Basa e Carcarah. E eles são empolgados. Eu chego no teatro e tá rolando música muito alta. Os dois tem bom gosto. Na maior parte das vezes a música é muito boa (se eu ainda tivesse 20 anos – ou 22 – com exceção de uns negócios que o Carcarah colocou noite dessas que tava foda) e eles gostam de ouvir a música bem alto. Eu sento lá fora com uma taça de vinho e fico tranquilo. Mas teve uma noite que o Carcarah colocou uma seleção de jazz da antiga. Berrei do fundo do teatro com meu entusiasmo senil: "Porra, é isso aí. Eu ficaria ouvindo isso a madrugada inteira". Sinais. Tava agora há pouco comprando discos de blues e rock na minha loja preferida. Eu separo uma porrada de discos que não conheço e ele vai colocando as primeiras faixas pra mim. Não precisa mais do que isso. Aliás, nos primeiros acordes eu já sei se me interessa ou não. Mas ele sempre me mostra entusiasmado alguns discos. Mas de uns tempos pra cá, é simples, ao primeiro sinal de distorção na guitarra eu já resmungo: "Não, pelo amor de Deus, tira isso aí, não aguento mais guitarra distorcida e vocalista que canta com voz estridente". Ele sorri compreensivo, saca um clássico do Willie Dixon e acena pra mim. Eu respondo: "Esse não precisa tocar, né? Coloca na pilha". Saio da loja satisfeito ("feliz" jamais. Na idade que eu tô, é até um insulto me considerar "feliz" mesmo que seja por uma fração de segundo – ninguém é feliz aos 20 anos, mas você ainda pode acreditar – ninguém é feliz aos 50 e não falemos mais sobre isso). Sinais. Essa vontade de morar num lugar mais amplo onde eu possa ter uma cozinha (Caramba – eu sonho todos os dias com uma cozinha) e ficar lá de madrugada sentado sozinho ouvindo um soul e bebendo uma dose de whisky – nas madrugadas menos afortunadas pode ser um chocolate quente. Sinais. Viajar de trem por cidades da Europa, olhar pela janela e ter a impressão de que todas as cidades são iguais. Talvez elas sejam. Chegar a nenhum lugar específico e pré-determinado. Sentar num café na frente de uma antiga igreja. Sinais. E você nota que está mesmo muito velho quando um festival de teatro resolve que você vai ser o homenageado. Louco isso, né? A idade em que os seus olhos não buscam mais o inalcançável, mas apenas o tátil, o possível.

MÚSICA
PARA NINAR
DINOSSAUROS

EU CHEGUEI A um tipo de encruzilhada na minha vida. Percebi isso ontem jantando com os amigos Paulo de Tharso e Ademir Assunção. Eu saquei o olhar dos meus amigos e o tipo de melodia triste que escapa nos comentários mesmo quando são sarcásticos ou irônicos. Nós somos caras da mesma geração – a que nasceu nos anos 60 (quando houve todas as mudanças comportamentais e políticas), o inicio de adolescência nos 70 (a disco music e o grande rock and roll), a juventude nos 80 (época de total ebulição cultural em São Paulo e Londrina que é minha cidade, bares cheios, rapaziada discutindo e fazendo cultura o tempo inteiro, explosão das Editoras Brasiliense e LPM com seus livros emblemáticos e que mudaram a vida de uma pá de figuras) e o inicio da maturidade nos 90 (total desencanto que marcou minha mudança pra São Paulo). Estamos agora em 2.012 e eu me sinto um dinossauro deslocado onde quer que eu vá. Foi por isso que eu escrevi essa peça. Ainda tento ver tudo com alguma poesia, mas há muito que me sinto sozinho e desesperançado. Ainda procuro fazer as mesmas coisas e me refugio nos meus escritores preferidos e nos velhos discos de blues, mas é como se eu real e finalmente soubesse que estou definitivamente derrotado. E o pior é que eu não estou surpreso. Na verdade, eu sempre soube que ia ser assim. Esse sujeito aí sozinho sentado no sofá com uma garrafa de whisky. Que tipo de música vocês acham que está tocando?

BONS AUGÚRIOS

No FINAL do ano uma simples cena como a que eu vi agora há pouco me faz ter bons augúrios para o ano que vai chegar. Eu não tô ficando otimista não, ok? É que esse tipo de cena simples sempre me emociona. Eu tava andando na rua e vi um catador de latas se encontrando com um mendigo que tava tomando uma cerveja de latinha. Então o mendigo educadamente matou o último gole e estendeu a latinha para o catador e disse com a mó elegância: "Feliz ano novo, meu amigo". O outro pegou a latinha, agradeceu e saiu andando. Simples assim. Eu acho bonito!

DESDE MUITO garoto eu saquei qual era o meu lado da estrada. E aqui nesse lado já fui atropelado muitas vezes. Tem dias que tá chovendo, os caminhões passam por mim e espirram água das poças na minha carcaça já em petição de real miséria. Tem noites que tá tão escuro e que eu tô tão derrubado que demoro a perceber os faróis em cima de mim. Deste lado da estrada as lanchonetes estão caindo aos pedaços e os sanduíches costumam ser gordurosos e as garçonetes não são como as dos filmes americanos. Mas esse é o meu lado da estrada e também tem suas compensações. De vez em quando encontro alguns amigos sinceros e a gente racha um garrafão de vinho vagabundo e ri de velhas piadas e de vez em quando uma mulher sorri pra mim e eu consigo ir pra um hotel mal afamado (desse lado da estrada) e passar uma ou duas horas com algum sentimento de paz. É que na verdade eu sou o tipo de cara que nunca pensou em atravessar a rua. E tenho certeza que vai ser sempre assim. Aos do outro lado, apenas aceno sem muito entusiasmo. Se eu não encontrá-los mais por aí, não vou sentir falta.

PESSOAS QUE
VÃO ATÉ O FIM

"Acho que você tá numa puta encruzilhada na sua merda de vida", foi o que ela me falou enquanto eu tirava o pote de maionese da geladeira e tentava de maneira atrapalhada improvisar um hot-dog pro meu almoço.

"Do que você tá falando?"

"Esse negócio de você querer algo, mas esperar que os outros decidam por você."

"Eu não sou assim."

"Claro que é. Você fica sentado aqui nessa sua caverna escura, ouvindo esses discos velhos e achando que a vida te deve alguma coisa".

"Ninguém me deve nada. Quer o seu com pouca maionese?"

"Eu não quero porra nenhuma de cachorro quente. Eu quero que você me ouça."

"Tá bom. Vou colocar pouca".

"Você nunca vai me ouvir mesmo, porra. Eu vou embora daqui."

"Mas você não vai nem comer o cachorro quente? Tá gostoso."

"Você sabe o que fazer com essa merda de cachorro quente."

E foi embora esbravejando. Bateu a porta de maneira escandalosamente teatral. Fiquei sozinho pensando em várias possibilidades. Resolvi comer o cachorro quente. Pensando bem, nem tinha tantas opções assim. E de uns tempos pra cá decidi que só admiro pessoas que vão o até o fim.

A PAZ QUE persigo por toda a minha vida e que sei agora que nunca vou conseguir. Porque é evidente que há pessoas que carregam tempestades dentro de si. O tipo de tempestade sem trégua que afunda navios e destrói cidades e afasta as pessoas que poderiam proporcionar algum tipo de paz. Mas essas pessoas tem mais o que fazer do que estragar suas vidas se metendo nas tempestades alheias. Enfim, não há nada que se possa fazer para evitar tal catástrofe. Há apenas que negociar pequenas pausas onde é possível andar até a janela e evitar a guerrilha noturna que se insinua atrás da cortina.

AINDA VAI DEMORAR PRA PASSAR

A TRISTEZA ainda vai demorar pra passar. Eu não vou tomar antidepressivos e nem vou beber até morrer. Só vou beber, porque faria isso de qualquer jeito. As cicatrizes vão demorar pra sumir. Mas eu vou começar fazendo algo. Eu que já não acredito em quase nada. Eu tenho que começar de alguma maneira. E a melhor maneira que descobri é tirando alguns quadros da parede. Parece fácil, mas posso garantir que não é. Ou você já tentou arrancar seu coração e colocar ele em cima do aparelho de TV?

Esta obra foi composta em Arno e impressa em Pólen Bold 90 pela P3 Gráfica para Editora Reformatório enquanto um ruído chato entrava pela fresta do vitrô em fevereiro de 2015.